Françoise Sagan

Die dunklen Winkel des Herzens

Françoise Sagan

Die dunklen Winkel des Herzens

Roman

Aus dem Französischen
von Waltraud Schwarze und Amelie Thoma

Ullstein

Die Originalausgabe erschien 2019 unter dem Titel
Les Quatre Coins du cœur bei Éditions Plon, Paris.

MIX
Papier
FSC FSC® C014496

ISBN 978-3-550-20091-5

Lektorat: Claudia Marquardt
Gesetzt aus der Minion Pro
Satz: Pinkuin Satz und Datentechnik, Berlin
Druck und Bindearbeiten: GGP Media GmbH, Pößneck

1

Die Terrasse des Anwesens La Cressonnade, umrahmt von vier Platanen und mit sechs parisgrünen Bänken versehen, war hoheitsvoll. Das Gebäude selbst musste früher mal ein hübsches altes Landhaus gewesen sein, war nun aber nicht mehr hübsch und nicht mal mehr alt. Neuerdings zierten es Minarette, Außentreppen und schmiedeeiserne Balkone, ein Konglomerat teuren schlechten Geschmacks aus zwei Jahrhunderten, das die Sonne, die Bäume, das Grau seiner Kieswege und das Grün der Umgebung verschandelte. Die drei grauen, flachen Stufen der Vortreppe wurden von einem mittelalterlichen Geländer flankiert, dem krönenden Abschluss all der Stillosigkeit.

Doch die beiden Personen, die sich auf einer Bank, jede an ihrem Ende, gegenübersaßen, schienen sich nicht daran zu stören. Hässlichkeit ist oft leichter zu betrachten als Schönheit, als Harmonie, die man immerzu überprüft und bewundert. Jedenfalls wirkten Ludovic und seine Frau Marie-Laure so ungerührt wie nur möglich von dieser architektonischen Kakofonie. Außerdem sahen sie einander nicht an, sie beachteten das Haus nicht, sie sahen auf ihre Schuhe. Ganz gleich, wie schön die Schuhe sind, Leute, die ihren Blick weder auf eine andere Person noch auf ein Dekor richten, haben etwas Ungesundes an sich.

»Ist dir nicht kalt?«

Marie-Laure Cresson sah ihren Mann fragend an. Sie hatte ein hübsches Gesicht mit veilchenblauen, ausdrucksvollen Augen, einen etwas affektierten Mund, eine hinreißende Nase und schon so manchen Kopf verdreht, ehe sie, übrigens recht überstürzt, diesen kräftigen und gesunden jungen Mann, ein bisschen Playboy, ein bisschen einfältig, namens Ludovic Cresson geheiratet hatte, der angesichts seines Vermögens und seines heiteren Wesens bei den Mädchen des 16. Arrondissements heiß begehrt war. Obwohl er die Frauen bekanntermaßen liebte, würde Ludovic Cresson einen treuen Ehemann abgeben, das war offensichtlich. Wie bedauerlich, dass all seine Qualitäten, mit Ausnahme des Geldes, in Marie-Laures Augen ebenso viele Fehler darstellten. Sie war blasiert und ungebildet, hatte sich aber dank einer Mischung aus zeitgemäßen Lektüren, Plattitüden und Tabus eine brauchbare Fassade zugelegt, so dass man ihr, in ihren Kreisen, eine wendige Intelligenz zuschrieb, wie sie gerade absolut en vogue war. Sie wollte über ihr Dasein bestimmen, also über das der anderen, sie wollte »ihr Leben leben«, wie sie selbst sagte. Doch sie wusste weder, was das Leben war, noch was sie wollte, außer Luxus. Sie wollte einfach die Erfüllung all ihrer Wünsche. Wie teuer ihre Schmuckstücke, wie groß der Reichtum Henri Cressons (Ludovics Vater, den man in der heimatlichen Touraine den »kreisenden Geier« nannte) auch sein mochten, sie wüsste es zur Schau zu tragen.

***

Es soll nicht erklärt werden – da es auf der Hand liegt –, aus welchen Gründen man die alte Fabrik und die alten Mauern des Hauses »La Cressonnade« getauft hatte. Komplizierter dagegen, aber noch langweiliger wäre es, zu erklären, warum die Cressons ihr Vermögen mit Kresse, Kichererbsen und anderen Hülsenfrüchtchen gemacht hatten, die sie nun in alle Welt versandten. Dieses uninteressante Thema würde, zumindest der Autorin, mehr Vorstellungs- als Erinnerungsvermögen abverlangen.

»Ist dir kalt? Möchtest du meinen Pullover?«

Die Stimme des Mannes neben Marie-Laure war auf natürliche Weise freundlich und angenehm, jedoch zu zaghaft und verletzlich für die Belanglosigkeit der Frage. Die junge Frau wandte sich mit einem Wimpernschlag ab, wodurch sie eine gewisse Geringschätzung für den Pullover ihres Gatten ausdrückte (den sie kurz gemustert hatte).

»Ach nein, danke, ich werde reingehen, das ist einfacher. Du solltest dasselbe tun. Es wäre nicht gut, sich jetzt auch noch eine Bronchitis einzufangen.«

Sie stand auf und ging lässig auf das Haus zu, wobei der Kies unter ihren modischen Schuhen knirschte. Selbst auf dem Land, selbst wenn sie allein war, gab Marie-Laure sich stilvoll und *up to date*, komme, was wolle.

Im Blick ihres Mannes lag Bewunderung … und zugleich Misstrauen.

* * *

Man muss wissen, dass Ludovic Cresson gerade erst aus diversen Kliniken kam, in die ihn ein so katastrophaler, ungeheuerlicher Autounfall geführt hatte, dass kein Arzt, keine liebende Frau sich je hätte vorstellen können, er würde überleben.

Mit Marie-Laure am Steuer hatte sich der kleine Sportwagen, den er ihr zum Geburtstag geschenkt hatte, unter einen stehenden Lastwagen geschoben, und die Beifahrerseite war von den auf besagtem Lastwagen transportierten Stahllamellen zersäbelt worden. Auch wenn man Ludovics Kopf äußerlich intakt aus diesem Haufen gezogen und Marie-Laure keinen Kratzer abbekommen hatte, weder im Gesicht noch sonst irgendwo, so war Ludovics Körper doch an mehreren Stellen durchbohrt worden. Er war ins Koma gefallen, und die Ärzte hatten ihm noch ein, maximal zwei Tage auf dieser Welt gegeben.

Nur dass sich, im Schutz ihrer natürlichen Festung, die Lungen, die Schultern, der Hals und alle Organe, die die innere und äußere Gesundheit dieses naiven Burschen ausmachten, sehr viel gerissener und zäher zeigten, als man es sich hätte vorstellen können. Während man schon über die Zeremonie und die Musik der Beerdigung nachdachte, während Marie-Laure sich eine maßvoll elegante Witwengarderobe zusammenstellte (ganz schlicht, mit einem – unnötigen – Heftpflaster an der Schläfe), während Henri Cresson, wütend darüber, dass eines seiner Projekte durchkreuzt wurde, in alle Richtungen Fußtritte austeilte und seine Angestellten beschimpfte, während seine Frau Sandra, Ludovics Stiefmutter, wie üblich, ihre erdrückende Würde einer häufig ans Bett gefesselten Kranken zur Schau trug, hatte Ludovic gekämpft. Und nach acht Tagen war er, zur allgemeinen Verblüffung, aus dem Koma erwacht.

Bekanntlich ist gewissen Ärzten manchmal mehr an ihren Diagnosen als an ihren Patienten gelegen. Ludovic raubte den Obergurus, die Henri Cresson (aus Gewohnheit) von Paris und anderswo hatte kommen lassen, den letzten Nerv. Die Mühelosigkeit, mit der er auf Erden zurückgekehrt war, verärgerte sie derart, dass sie schließlich etwas sehr Gefährliches an seinem Schädel fanden. Das genügte – zusammen mit seinem Schweigen –, um ihn erst unter Beobachtung stellen, dann in eine Klinik und schließlich eine Spezialklinik einweisen zu lassen. Er war umnebelt, daher wirkte er geistesabwesend, ja sogar behindert; seine körperliche Widerstandskraft verstärkte diesen Eindruck nur noch.

Zwei Jahre lang durchlief Ludovic wortlos und ohne jeglichen Protest Krankenhaus um Krankenhaus, Nervenklinik um Nervenklinik, wurde sogar nach Amerika geschickt, im wahrsten Sinne des Wortes verschnürt in einem Düsenjet. Jeden Monat kamen seine Verwandten ihn besuchen, sahen ihn schlafen – oder sie »dümmlich anlächeln«, wie sie unter sich sagten –, ehe sie schnell wieder gingen. »Ich ertrage diesen Anblick einfach nicht«, stöhnte Marie-Laure und versuchte dabei nicht mal, eine falsche Träne zurückzuhalten, da niemand im Auto auch nur eine einzige vergoss.

Doch, es gab eine Ausnahme, als Marie-Laures Mutter, die reizende Fanny Crawley, seit Kurzem Witwe und aufrichtig um ihren Mann trauernd, ihrem Schwiegersohn, den sie noch nie besonders leiden konnte, einen Besuch abstattete. Ludovics draufgängerische »alles-paletti«-Art war ihr, wie sehr vielen etwas feinsinnigeren Frauen, gehörig gegen den Strich gegangen, auch wenn sehr viele andere Frauen mit energischerem Temperament anscheinend darauf ansprangen. Sie hatte also den Playboy, wie sie ihn nannte, wiedergesehen, halb in einen Sessel hingestreckt, an Handgelenken und Beinen festgeschnallt, furchtbar abgemagert, furchtbar verjüngt, ebenso macht- wie wehrlos und vollkommen außerstande, all die Psychopharmaka zu verweigern, die man ihm von morgens bis abends in die Venen pumpte … und da hatte Fanny Crawley geweint. Was wiederum Henri Cresson stutzig gemacht und ihn bewogen hatte, ihr ein ernsthaftes Gespräch unter vier Augen zu bewilligen.

Glücklicherweise hatte Henri Cresson damals zufällig mit dem Leiter der Klinik gesprochen, der vielleicht teuersten in ganz Frankreich – und sicherlich der nutzlosesten. Der Chefarzt hatte ihm kategorisch erklärt, dass sein Sohn sich niemals, niemals wieder erholen werde. Nun weckte aber die Gewissheit anderer grundsätzlich Zweifel und Zorn bei Henri Cresson, der als Geschäftsmann genial, in Gefühlsdingen jedoch völlig inkompetent war (da er keinerlei Gefühle hatte, oder besser, nur für seine erste Frau, Ludovics Mutter, die im Kindbett gestorben war, welche gehabt hatte). Verblüfft hatte er daher die schöne und elegante Fanny, von der er obendrein wusste, dass sie über den Tod ihres Mannes untröstlich war, um einen Schwiegersohn weinen sehen, den sie gar nicht mochte; womit sie ihm eindeutig bewies, dass es an der Zeit war, die Qual zu beenden. Er war also wieder zu dem Arzt gegangen und hatte ihn in einer Weise behandelt, dass dieser sich nicht dazu durchringen konnte, selbst zu seinen Tarifen, den Patienten, dessen Familie ihm so viel Geringschätzung entgegenbrachte, länger dazubehalten.

Einen Monat später traf Ludovic in La Cressonnade ein, wo er sich, nachdem er seine Arzneimittelfläschchen eins nach dem anderen in den Papierkorb geworfen hatte, als vollkommen normal herausstellte. Er war sanft, etwas zerstreut, ein wenig unruhig, und er lief viel. Tatsächlich verbrachte er seine Tage damit, in dem riesigen Park herumzurennen, zu rennen wie ein Kind, das wieder laufen gelernt hat, beziehungsweise mit dem Versuch, wieder einigermaßen wie ein Erwachsener auszusehen. Es stand außer Frage – wie es im Übrigen nie wirklich infrage gekommen war –, ihn in der Fabrik seines Vaters arbeiten zu lassen: Dessen Vermögen würde ausreichen, auch wenn er keinen hinlänglich unwichtigen Beruf finden würde, um ein Leben kreuz und quer in Europa zu rechtfertigen (was Marie-Laure sich im Grunde wünschte, mit ihm oder ohne ihn).

Für sie war seine Rückkehr eine Katastrophe. Sie hatte eine bewundernswerte Witwe abgegeben, sich nun als »Frau eines Schwachsinnigen« wiederzufinden, wie sie es in ihrem intimsten Freundeskreis (der ein recht offenes Sozialleben unterhielt) gern ausdrückte, war etwas ganz anderes. Und so begann Marie-Laure diesen Jungen zu hassen, den sie bis dahin ertragen und sogar irgendwie gemocht hatte. Auch wenn seine Begeisterung für sie, seine Liebe und Leidenschaft, ihr schnell lästig gefallen waren.

Denn Ludovic liebte die Frauen voller Leidenschaft und voller Romantik die Liebe, vielleicht die einzige Kunst, die er mit Geschick und Hingabe ausübte. Sanft und feurig, war er einfach bezaubernd; und alle (äußerst zahlreichen) Huren von Paris, die ihn vorher gekannt hatten, waren ihm immer noch sehr zugetan.

* * *

Unter der alleinigen Aufsicht des Arztes im Dorf, welches Henri Cressons Hoheitsgebiet war, erholte Ludovic sich sehr gut. Der recht bescheidene Doktor hatte gleich nach dem Unfall erklärt, sein Patient sei körperlich versehrt, müde, gebrochen, aber vollkommen bei Trost. Und in der Tat entdeckte niemand an ihm die geringsten Anzeichen von Nervosität, Funktions- oder psychischen Störungen. Er zeigte nur einfach keine Verletzlichkeit, kein Interesse für die Zukunft: Er schien etwas zu erwarten, was ihn ängstigte. Nur was? Niemand fragte sich das im Übrigen wirklich, denn niemand in diesem Haus scherte sich um irgendwen außer sich selbst.

* * *

Kaum hatte Marie-Laure die lächerliche kleine Vortreppe erreicht, auf deren Geländer schlaff ihre Finger ruhten, musste sie sich mit einem Sprung auf die oberste der drei Stufen retten, denn ein von unsicherer Hand gelenkter Sportwagen hatte soeben genau vor ihren Füßen gebremst und dabei eine Kiesfontäne aufspritzen lassen, die ihr einen Schrei entlockt hätte, wenn ein anderer als ihr Schwiegervater am Steuer gewesen wäre. Vor einer Weile hatte Henri Cresson befunden, sein Chauffeur werde alt und es sei an der Zeit, das Fahren wieder selbst zu übernehmen – für die Nachbarn eine Katastrophe, für die Tiere und seine Bekannten ein Albtraum, wenn sie ihm auf der Straße begegneten.

»Mein Gott, Vater«, sagte Marie-Laure dennoch kühl, »wo ist denn Ihr Chauffeur?«

»Der Blinddarm ... krankgeschrieben«, erwiderte Henri Cresson fröhlich, während er aus seinem Wagen stieg. »Der Blinddarm ...«

»Das ist schon die vierte Blinddarmentzündung in diesem Jahr ...«

»Ja, aber er ist hocherfreut. Die ganzen Sozialleistungen und so weiter, dazu sein Gehalt, das ist mal ein Kerl, der eifrig nichts tut und das Bett hütet, wenn es angezeigt ist, weil er solche Angst vor der Polizei, den Versicherungen und was weiß ich noch allem hat.«

»Dabei sind Sie es, der Angst haben sollte.«

»Ich? Angst? Lassen Sie's gut sein, Schwiegertochter, bitte, lassen Sie's gut sein.«

Sie hasste es, wenn er sie Schwiegertochter nannte, doch er ließ es sich nicht nehmen, ungeachtet der Vorwürfe seiner Frau, der imposanten Sandra, die es fertiggebracht hatte, sich auf den Stufen der Vortreppe aufzubauen, um ihren Gatten liebevoll zu empfangen, obwohl sie doch für gewöhnlich das Zimmer hütete.

Sandra Cresson, geborene Lebaille, hatte ein oberstes Anliegen: die Pflicht. Seit jeher durch Grund und Schicksal Henri Cressons Nachbarin, hatte sie diesen, wie es hieß, trauernden Witwer aus reiner Angst vor der Ehelosigkeit zum Mann genommen. Sie glaubte, einen etwas ungestümen Industriellen zu heiraten, doch sie hatte einen wildgewordenen Stier geehelicht, der zu ihrem großen Missfallen nicht das geringste Interesse am gesellschaftlichen Leben zeigte. Ihr hatte vorgeschwebt, in den riesigen Räumen der Cressonnade Empfänge zu geben, und nun musste sie sich damit begnügen, in dem schrecklichen Salon den blitzartigen Ein- und Ausfällen ihres Gatten aus dem Weg zu gehen. Und das, wo bereits vor Sandras Herrschaft die der anderen Frauen des Hauses ihre Wirkung hatte entfalten können.

Die beiden Brüder Henri Cressons waren im Krieg 1939–40 gefallen (»Was für Hornochsen!«, rief Henri belustigt. »14–18, das waren Helden, aber 39–40!«), und ihre Witwen waren anschließend schnell fortgezogen, terrorisiert von ihrem Schwager, der sie im Übrigen mit Geld überhäufte, damit sie ihn in Ruhe ließen. Dennoch hatten sie Zeit gehabt, die Empfangssäle und ein paar Zimmer zu dekorieren, was das ohnehin schon eigenwillige Haus in ein unvorstellbares Desaster verwandelte: Dank der marokkanischen Kamine der einen, des spanischen Flairs der anderen und der von Sandra (die eine Leidenschaft für griechische Kunst entwickelte) gesetzten marmornen Ausrufezeichen hätte niemand je gewagt, diesen Salon zu fotografieren.

Sandra ihrerseits hatte im Dorf einen Bildhauer aufgetan, der bis dato für ein paar Grabskulpturen auf dem Friedhof zuständig gewesen war und den sie unversehens in das ferne künstlerische Leben Griechenlands und Roms stürzte, indem sie ihn beauftragte, nach ihren Anweisungen die Venus von Milo und die Nike von Samothrake zu kopieren, Werke, die Sandra sodann wie Herausforderungen oder Beschwerden in dem gigantischen Salon aufpflanzte. Da sie selbst, rund, stämmig und unerschütterlich in allen Lebenslagen, der Bildhauerei näherstand als den Menschen, hätte Sandra Cresson den ganzen Tag unter diesen Statuen verweilen können, zumal nichts außer ihren Kleidern sie von ihnen abhob.

»Sieh an, jetzt auch noch meine Frau, dann sind wir ja komplett!«, tönte Henri, während er sich einen entwürdigenden Schal vom Hals riss.

»Ich verstehe nicht, was daran so erstaunlich ist«, rief Marie-Laure aus.

»Nicht, dass Sie da sind, weder die eine noch die andere, erstaunt mich«, sagte Henri entschieden, »sondern dass ich noch am Leben bin, inmitten zweier derart, derart … wie soll ich sagen? Derart unverwüstlicher Frauen, das ist es, unverwüstlich …«

»Sind Sie das denn nicht selbst?«

Marie-Laure wollte sarkastisch sein, doch ihre Stimme klang eher schrill. Henri ließ die beiden entrüsteten Frauen stehen und entfernte sich schnell in Richtung des schauderhaften Salons, wobei er knapp einer mitten auf dem Weg liegenden Reisetasche auswich, der er im Vorbeigehen einen Fußtritt verpasste.

»Was ist denn das?«

»Das ist mein Bruder, stellen Sie sich vor, lieber Freund. Mein Bruder Philippe, der ein paar Tage bei uns bleiben wird.«

»Sieh an, der gute Philippe ist da.«

Henri Cressons zahlreiche Fehler waren eher mangelnde gute Eigenschaften: Er war nicht boshaft, dachte aber auch nie daran, liebenswürdig zu sein; er war nicht geizig, dachte aber nie daran, großzügig zu sein; und das Urteil der anderen interessierte ihn keinen Deut. Im Grunde war er von Natur aus einigermaßen gastfreundlich, und die Anwesenheit eines Mannes, eines richtigen Mannes, denn sein Sohn erschien ihm zurzeit eher wie ein Engel oder ein Gespenst, verschaffte ihm ein vages Gefühl der Erleichterung.

»Der gute alte Philippe … Wann haben wir den zuletzt gesehen? Ach, ja, vor drei Wochen … Ich hoffe, es geht ihm gut und er hat keinen ›Liebes‹-Kummer.«

Er setzte »Liebe« in Anführungszeichen, stieß ein polterndes Lachen aus und betrat unter den erbosten Blicken der beiden Frauen den Salon.

***

Er hatte Sandra recht bald nach dem Tod seiner Frau geheiratet, von der man wusste, dass er sie geliebt hatte, über die er niemals sprach und nie hinwegzukommen versucht hatte. Vierzehn Tage lang hatte er Sandra im ehelichen Sinne »geehrt«, sie anschließend ein bisschen vergessen, und nun beehrte er sie sporadisch. Sandra – von schwacher Gesundheit – war erleichtert über seine raren Besuche.

Es hatte in dieser Ecke der Touraine selbstverständlich nicht an Frauen gemangelt, die Sandra von Anfang an auf die Seitensprünge ihres Gatten hinwiesen. Doch überraschenderweise, ungeachtet ihrer Anzahl und ihrer extremen Hetze, hatte Henri Cresson es seiner Frau stets erspart, dass seine Eskapaden ihr oder der Öffentlichkeit bekannt wurden. Er fuhr »rauf nach Paris«, wie man damals sagte, und kehrte frisch und ohne ein Wort wieder zurück. Das war das Mindeste, dachte er, gegenüber einer Frau, die er beim besten Willen nicht wirklich ehren konnte.

Und es war auch die einzige Verbindung zu seinem Sohn. Als der »rauf nach Paris« gegangen war, zum aussichtslosen, aber nichtsdestoweniger vorschriftsmäßigen Studium an der Elite-Hochschule HEC, mit achtzehn Jahren, zeigte sich seine völlige Unkenntnis der Frauen, welche seiner isolierten Kindheit und dem Collège geschuldet war, in das man ihn mit anderen armen Burschen vom Land gesteckt hatte. Diese völlige Unkenntnis der Sache hatte seinen Vater jedoch beunruhigt. Umso mehr, als ihm nach zwei Monaten Rechnungen von Floristen ins Haus flatterten, für Lieferungen hierhin und dorthin, was ihn in Panik versetzte. Ludovic war dämlich genug, sich von einem Pariser Mädchen den Kopf verdrehen zu lassen, ihr ein Kind zu machen oder Gott weiß was. Der Vater hatte sich also seinerseits in die Hauptstadt begeben und verblüfft festgestellt, dass die Blumen, die Buketts, all diese Bemühungen den diversen Prostituierten galten, die seinem Sohn ihre Gunst gewährten. Erleichtert, nun aber besorgt um den Geisteszustand seines einzigen Kindes, hatte Henri ihm dargelegt, dass man das nicht tat. Dann, im Verlaufe des Mittagessens, hatte er sich gefragt, warum man das eigentlich nicht tat, warum er nicht den Frauen, die sich ihm hingaben, Blumen schicken sollte, anstatt den jungen Dämchen aus gutem Hause, die ihn abblitzen lassen würden.

»Ach, mach, was du willst«, hatte er schließlich verkündet.

Hocherfreut fuhr der Sprössling fort mit seinem guten Benehmen. Erst später, als er Marie-Laure kennenlernte, wurde er unglücklich: verliebt und unglücklich, weil er mehr um das Leben eines anderen Menschen besorgt war als um sein eigenes; weniger, weil er das Leben seiner Liebsten nicht teilte.

Diese Liebe bedeutete Marie-Laure nicht viel, außer in Bezug auf sich selbst. Dabei hatten ihre Eltern, Quentin und Fanny Crawley, einander immer geliebt und ihr ein Vorbild reinster Vertrautheit, Leidenschaft und Zärtlichkeit gegeben. Doch Marie-Laure schien sie dafür verachtet zu haben. Und die Eltern selbst hatten sie wohl instinktiv gemieden, ja gefürchtet.

Quentins Tod bei einem Flugzeugunfall hatte Fanny in tiefe Verzweiflung gestürzt. Sie war wie ausgelöscht, ihr Blick erlosch, die Fröhlichkeit in ihrer Stimme erlosch, das Leben in ihr erlosch. Da sie kein Geld hatte, musste sie arbeiten gehen und fand mithilfe von Freunden eine Anstellung in einem Modehaus, wo sie sich dank ihrer natürlichen Liebenswürdigkeit und Aufmerksamkeit eine Position sicherte, die ausreichte, um sie und die Tochter zu ernähren. Doch für Marie-Laure war das nicht genug, und so wurde Ludovic interessant.

Wenn dieser den Zusammenhang zwischen den beiden Ereignissen – dem Tod des einen und dem Interesse der anderen – nicht herstellte, dann, weil er es nicht wollte; obwohl Fanny den Blick abwandte, als er um die Hand ihrer Tochter anhielt; obwohl seine Freunde das Thema wechselten und ihn beglückwünschten, wie man jemanden beglückwünscht, der irgendwohin fährt, nach Afrika zum Beispiel, um seinen Militärdienst zu leisten. Jemanden, der nur aufwachen und seine Entscheidung zurücknehmen kann. All das spürte er, jedoch ohne darüber nachzudenken, denn er war verrückt vor Liebe. Und in diesem Moment war Marie-Laure klug oder raffiniert genug, ihn zu halten, auf ihn aufzupassen, zu verhindern, dass ein anderes Mädchen, eine andere Frau ihn sich schnappte, den sanften, den wehrlosen, den reichen und müßigen Ludovic Cresson. Dieser Mann, dem man von Geburt an jede liebevolle Zuwendung und während seiner gesamten Jugend die Frauen versagt hatte, war wirklich leichte Beute; er träumte von der Liebe wie ein lächerlicher Tristan aus dem letzten Jahrhundert.

Doch diese Bedenkenlosigkeit, die bei vielen seiner Freunde so gut ankam, trug ihm Marie-Laures totale und endgültige Verachtung ein. Das Leben war ein Kampf. Einer von ihnen musste die Zügel in die Hand nehmen, und das würde sie sein, sie allein. Die körperliche Liebe widerte sie an, langweilte sie und machte ihr Angst, obgleich Ludovic, als exzellenter Liebhaber, sich voller Inbrunst, Geduld und Zärtlichkeit abmühte, er, der davon träumte, mit Marie-Laure ein Paar nach dem Vorbild ihrer Eltern zu bilden, ein Paar, in dem sich einer auf den anderen stützt, ein Paar, das aus zwei Hälften besteht, wie Platons Apfel, die aber dennoch vereint sind.

2

Die Treppe hallte wider von rhythmischen Schritten, eine Stufe, trapp, zwei Stufen, trapp-trapp, der Treppenabsatz, trapp-trapp-trapp, die Jugend schien herabzusteigen, und ein leises Pfeifen (verheißungsvoll, denn es war eine Melodie von Fred Astaire) erklang. Nach zwei Etagen war die Jugend dreißig Jahre älter geworden. Es handelte sich um Philippe Lebaille, Sandras charmanten Bruder, der sich nach einer langen Karriere als Verführer und Schmarotzer immer häufiger bei seinem Schwager Henri einfand, Philippe, der das Landleben schon immer gehasst hatte, dies jedoch seit fünf Jahren nicht mehr hinausposaunte.

Er war ein schöner Mann, oder zumindest einer, der es gewesen war und dies niemals vergaß (mit Stolz oder Bedauern, je nach Tagesform). Groß, schlank, schwungvoll und viril, hatte er jüngst das Glück gehabt, dass sich sein Errol-Flynn-Bart von ganz allein ausdünnte und ihn so von einem aus der Mode gekommenen Plagiat befreite, nicht jedoch von dem Tick, lässig darüberzustreichen, obwohl er gar nicht mehr da war. Mit zweiundzwanzig Jahren, schön also, reich, gut erzogen und eingebildet, hatte Philippe Lebaille Einzug in die verschiedenen Kreise gehalten, die Männern wie ihm dank der bezirzten und beschränkten Frauen des *Jet Set* offenstanden. Er hatte sein Erbe ausgegeben, ohne es je zu teilen, hatte die Frauen erobert, ohne sie je zu lieben, war jahrelang überallhin eingeladen gewesen, ohne je etwas anderes zu sehen als Palmen, Paläste und Skipisten. Seit mehr als fünf Jahren ließ er seine verflossenen Liebschaften, die ihm wie ein Geschenk zugefallen waren, glaubte er, in umgekehrter Reihenfolge Revue passieren, wandte sich aber mehr oder weniger schnell wieder davon ab wie von einer unschönen Erinnerung. Jedenfalls war er nun hier, mit seinem pathetischen Lächeln, und posierte für einen unsichtbaren Fotografen, wie auf dem Bild, das ihn von Haus zu Haus, von Spiegel zu Spiegel begleitete und das ihn in Hollywood zeigte, stolz aufgerichtet zwischen John Wayne und Marlene Dietrich. Das Porträt war vielleicht sein kostbarstes Gut, abgesehen von ein paar goldenen Uhren und einer Sammlung ebenso hinreißender wie abgewetzter indischer Seidenschals.

»Im Kreis der Familie! Endlich im Kreis der Familie!«, rief er aus, als er zu Sandra und Ludovic trat.

Er bedachte Letzteren mit einem freundlich zurückhaltenden Blick. Dass sein Stiefneffe verrückt war, störte ihn nicht, es war für ihn jedoch eine unumstößliche, da von seiner Schwester, der Hausherrin, postulierte Tatsache.

»Du siehst aber wirklich gut aus Ludovic!«, rief er, halb entzückt, halb überrascht.

Ludovic lächelte müde.

»Danke«, sagte er.

»Was für eine Freude, dich zu sehen!«

»Wie schön du bist!«, stieß nun Sandra, an ihren Bruder gewandt, seufzend hervor.

Da Philippes Schönheit sein einziges, wenn auch bei jedem Besuch etwas weniger offensichtliches Kapital war, musste sie es einfach erwähnen.

»Ach, da sind Sie ja endlich!«, fügte sie hinzu, als sie Marie-Laure nun ebenfalls die Treppe herunterkommen sah, im selben Kleid wie am Nachmittag, nur für den Abend mit einer Brosche geschmückt, die Ludovic sich nicht erinnerte, bezahlt zu haben, was ihn allerdings nicht weiter zu beschäftigen schien.

Philippes Blick fiel auf das Schmuckstück seiner angeheirateten Stiefnichte, auf Ludovic, und da er nur zwei teilnahmslose Figuren sah, begnügte er sich mit einem Lächeln.

Henri Cressons Ankunft scheuchte alle auf.

»Meine liebe Sandra, würde es Ihnen etwas ausmachen, wenn wir heute früher zu Abend äßen? Denn zum einen bin ich müde und hungrig, und zum andern muss ich unbedingt eine Fernsehdebatte zwischen einem Gewerkschafter und einem Arbeitgebervertreter sehen, da wird es sicher heiß hergehen«, sagte er mit der sarkastischen Miene, die er immer aufsetzte, wenn er über Politik sprach.

»Aber sicher, sicher, warum nicht, es ist alles bereit. Setzen wir uns, Martin wird gleich kommen.«

***

Das wüste Durcheinander seines Salons hatte den Hausherrn nie gestört, aber er war nicht der Mann, der über irgendwelche Hindernisse stieg, um sein Ziel zu erreichen. Daher hatte er verlangt, dass man nur für ihn eine Art Korridor einrichtete, eine freie Bahn, die zu seinem Arbeitszimmer am andern Ende des Salons führte und die nichts und niemand versperren durfte; andernfalls wurde alles, was saumselig herumstand, mit einem kräftigen Tritt aus dem Weg befördert, und so konnte sich ein kleiner marokkanischer Pouf auf einer gotischen Truhe wiederfinden.

Am Ende dieser Schneise befand sich das Esszimmer – der Salon mit seinem privaten Fernseher –, das heißt, auf einer Art Podest standen ein für fünf Leute gedeckter Tisch sowie fünf Ledersessel, deren einer sich ohne Weiteres umdrehen ließ und, mit dem Rücken zum Kamin, perfekte Sicht auf ein offenbar exklusives, zwei Meter entfernt an eine Terrassentür gedrängtes Fernsehgerät bot. Andersherum saß Henri Cresson zum Diner seiner Familie gegenüber, nach dessen Abschluss man die Tischdecke wegnahm und das Fax nebst den verschiedenen, für einen Geschäftsmann, und sei er auch vom Lande, unabdingbaren Gegenständen wieder aufstellte.

Henri preschte voran, durchmaß im Laufschritt die acht Meter, die ihn von seinem kleinen Büro-Salon trennten, warf die Aktentasche auf den hierfür bestimmten Sessel und ließ sich dann auf seinem nieder. Er hatte dieses Esszimmer genau nach seinen Vorstellungen entworfen. Die Männer saßen Henri Cresson gegenüber, die Frauen links und rechts von ihm, und sobald die Mahlzeit beendet war, könnte er den Sessel umdrehen und in aller Ruhe seinen persönlichen Fernseher nutzen, wonach er sich ganz offensichtlich sehnte. Selbstverständlich war das Programm, das er wählte, nie das, welches die anderen sich gewünscht hätten. Er legte Wert auf diese geistige Abgeschiedenheit, um sich von ihrem unsinnigen Geschwätz zu erholen, an dem schon während des Abendessens kein Weg vorbeiführte. Eines Abendessens, in dessen Verlauf der Patriarch Henri Cresson zuweilen mit philosophischer Ruhe dachte, dass er einen vermutlich verrückten Sohn, eine mondäne und dämliche Schwiegertochter, eine hässliche und dumme Frau und einen bekloppten Schmarotzer zum Schwager hatte! Ein Schicksal, das er gelassen, nur mit sporadisch auftretenden, unvorhersehbaren und unkontrollierbaren Wutanfällen hinnahm.

Alle setzten sich eilig – was dennoch einer gewissen Grazie keinen Abbruch tat, zumal im Falle Marie-Laures, die ihre neue Brosche präsentierte, welche ihr Schwiegervater nicht einmal bemerkte. Sandra begann, kaum dass sie Platz genommen hatte, mit ihrer Nummer der amerikanischen Ehefrau in schlechten Filmen:

»O mein Gott, mein armer Schatz, Sie müssen wirklich fix und fertig sein! Stellt euch doch nur vor, den ganzen Tag hat er mit furchtbaren geschäftlichen Widersachern zu tun, und dann, plötzlich, kommt er nach Hause, in eine Familie wie die unsere? Was für eine Diskrepanz! Er hat allen Grund, erschöpft zu sein.«

Sie schenkte ihrem Gatten ein sanftes Lächeln, der, ohne die Augen von seinem Teller mit der unvermeidlichen Suppe zu heben, murmelte:

»Das sind keine erbitterten Widersacher, die ich den ganzen Tag lang sehe, meine liebe Sandra, sondern stinkfaule Deppen. Und es tut überhaupt nichts zur Sache. Tatsächlich ist es sehr angenehm, ein Heim zu haben, wohin man sich nach all den Zahlen flüchten kann.«

Darauf rief Marie-Laure schrill und mit einem Gesicht, das an eine Karikatur erinnerte:

»Das nennt man die Erholung des Kriegers. Aber, aber, Sandra!«

Der leicht anzügliche Vorwurf in ihrer Stimme reizte Philippe, der gerade den Kopf senkte, zum Lachen, ließ Sandra vor Vergnügen erröten – sie bereute es nicht, ihr Zimmer verlassen zu haben, um sich den anderen anzuschließen – und Ludovic, wie gewohnt, vollkommen gleichgültig.

Ein wenig bleich hielt Marie-Laure wacker dem

schlagartig abgekühlten Blick ihres Schwiegervaters stand.

»Wisst ihr, wem ich einmal auf der Straße begegnet bin?«, rief daher Sandra, die das Gewitter heraufziehen sah, ohne den Grund dafür zu begreifen. »Unserer Königin von Frankreich!«

Es war kurz still, dann bat Henri sie mit banger Miene, denn er fürchtete, Sandras Wahnsinn könne zu viel für ihn sein, es noch einmal zu wiederholen.

»Ich habe die Königin von Frankreich in Tours auf der Straße gesehen. Ihr wisst doch, Madame de Boyau war eine Valois. Irgendwann sind die Bourbonen gekommen, haben sich alle Titel genommen und sie anschließend verteilt, wie es ihnen passte. Madame de Boyau stammte aber in direkter Linie vom Grafen Soundso ab, ich weiß nicht mehr, wie er hieß, aber er wäre eigentlich ziemlich bald König geworden. Folglich, ohne die Geschichte mit den Bourbonen, wäre die wahre Erbin und Première Dame Frankreichs ...«

Sie war leicht purpurn angelaufen, zappelte und schien den Sinn ihrer Worte selbst nicht mehr zu verstehen.

»Es steckte ganz bestimmt noch etwas anderes als nur die Gerissenheit der Bourbonen dahinter, oder?«, platzte Philippe grinsend heraus. »Ich weiß, dass du in der Lage bist, die Königin mit einem gebührenden Knicks zu begrüßen, du hast dich als junges Mädchen schließlich ausgiebig mit so was befasst, aber ich versichere dir, es gab noch andere Dinge, die das verhindert haben.«

»Zum Glück!«, rief Henri kauend aus, so sehr hing ihm diese Familie zum Hals raus. »Natürlich gab es andere Hindernisse. Stellt euch doch mal diese kleine Dame vor, Madame de … wie hieß sie noch gleich? Wie hieß sie noch gleich, Sandra? Diese kleine Dame, die so hässlich ist, dass man es selbst von hinten sieht! Wollt ihr das allen Franzosen antun, die einen Fernseher haben?«

»Also, na ja …«, die Angesprochene zuckte mit den Schultern. »Zufall ist Zufall. Warum nicht sie statt unserer aktuellen Comtesse de Paris? Es wäre doch amüsant gewesen, wenn die Königin von Frankreich aus unseren Kreisen käme.«

»Was es verhinderte, war die Französische Revolution«, schaltete Ludovic sich ein.

Angesichts der verblüfften Mienen seiner vier Tischgenossen besann er sich sofort und stellte, die Hand wie zur Verteidigung erhoben, klar:

»Das habe ich einfach nur so dahingesagt …«

Es folgte verlegenes Schweigen, unterbrochen von kurzlebigen Versuchen eines jeden von ihnen, das Gespräch wieder in Gang zu bringen.

»Und du, warst du spazieren?«, fragte Henri Cresson seinen Sohn, der zusammenzuckte.

»Ja, Vater, ich bin sogar bis zu den Weihern gegangen. Den alten Weihern von Carouve, erinnern Sie sich? Das war herrlich.«

»Man sieht ihn tagsüber einfach gar nicht«, kommentierte Sandra schulterzuckend. (Und etwas lauter:) »Er hat weder Sinn noch Verstand, noch Gedächtnis.«

»Besser, als sich in Tours mit irgendwelchen Schwachköpfen zu besaufen«, sagte Henri Cresson mit einem kleinen, an seinen Sohn gerichteten Lächeln, der es jedoch leider nicht sah und wieder mal mit den Gedanken abschweifte, bis er seinen Namen hörte.

»Ich nehme an, Sie sind den ganzen Tag im Bett geblieben und haben telefoniert oder die Hausfrau gespielt«, warf Henri seiner Gattin an den Kopf. »Ludovic mit seinen Spaziergängen ist der Einzige, der hier wenigstens irgendwas tut.«

»Aber ich fürchte, er hat bereits jeden Winkel Ihrer Ländereien gesehen«, bemerkte Philippe. »Ich weiß nicht, was er dort noch tun könnte, es sei denn, eine Schäferin erwartet ihn irgendwo …«

»Es gibt keine Schäferinnen mehr«, knurrte Henri Cresson boshaft. »Wenn doch, dann wäre er nicht der Einzige, der spazieren ginge. Und Sie, Marie-Laure? Warum begleiten Sie ihn nicht mal auf seinen Spaziergängen? Sie gehen nie mit ihm mit.«

»Ich gestehe, ich mag keine Spaziergänge.«

»Seit seiner Rückkehr vor einem Monat haben Sie ihn noch kein einziges Mal begleitet?«, fragte Henri.

»Gestern waren es ein Monat und zwei Wochen«, gab Marie-Laure offen zu. »Ich habe Paris am 7. Juli verlassen, und ich musste erst aus den Alpes-Maritimes herkommen. Also sind es genau siebenundvierzig Tage.«

Ihr bitterer Ton ließ diese siebenundvierzig Tage mehr als belastend und alles andere als angenehm erscheinen. Wieder senkte sich betretenes Schweigen über den Tisch, das Sandra als versierte Hausherrin erneut brach.

»Da fällt mir ein, wir müssen unbedingt noch die Einladungen für den Ball verschicken, also, für die Rückkehr des verlorenen Sohnes, ihr wisst schon … Wir hatten doch beschlossen, sie Ende September gebührend zu feiern, wir hatten sogar schon das Datum festgelegt, und ich habe es vergessen … Mein Gott! Ich bin ganz verwirrt«, fügte sie hinzu, indem sie den Kopf schüttelte und für einen Augenblick dessen stolze Haltung aufgab.

Seit jeher vertraute die neue Madame Cresson auf ihre untadelige Kopfhaltung zur Sicherung ihrer Vorrechte und ihrer Eleganz. »Das Wichtigste bei einer Frau«, pflegte sie zu sagen (übrigens immer häufiger, da ihr sonst nicht viel Bemerkenswertes blieb, außer fünfundzwanzig überflüssigen Kilo), »ist die Haltung, die Würde, etwas Unerschütterliches, was jedermann dazu bringt, ihr Respekt zu zollen. Es ist gleichzeitig eine Waffe und ein Schutz, glaubt mir.«

Gereizt hatte Henri sie darauf hingewiesen, dass das Wichtigste nicht die spezielle Haltung des Kopfes, sondern sein Inhalt sei.

»Weshalb«, hatte er sogar hinzugefügt, »sollte man stolz eine leere Hülle präsentieren?«

»Du kannst sagen, was du willst, Henri, an Hals, Schultern und Nacken einer Frau erkennt man sowohl ihre Erziehung als auch ihre Würde.«

Worauf er mit einem Zucken seiner breiten Stierschultern erwiderte:

»Jeder hält, was er kann.«

»Morgen fangen wir damit an, nicht wahr, Marie-Laure? Es sind dreihundert Einladungen zu schreiben … stellt euch das nur vor!«

»Vergesst die Schäferinnen nicht«, scherzte Philippe, »die müssen auch eingeladen werden!«

Mit heiterer Miene versuchte er die andern zum Lachen zu bringen, aber die Stimmung war nicht danach.

»Glauben Sie denn, er würde sie einladen, wenn er welche hätte?«, fragte Marie-Laure sarkastisch. »Nun ja, solange er sie nicht in den Teich schubst, wollen wir uns nicht beschweren …«

Ihr Gesicht drückte grenzenlose Langmut aus.

Im Hause der Cressons hatte man sich angewöhnt, Ludovic nicht direkt anzusprechen, da der wahre Ludovic für sie gestorben war. Also redeten alle in seinem Beisein so ungeniert über ihn, als wäre er gar nicht da. Ludovics Blick schweifte dabei ohnehin stets über die Landschaft draußen vor den Fenstern.

Henri Cresson betrachtete Marie-Laure und fragte unvermittelt und gedehnt:

»Meine liebe Marie-Laure, könnten Sie, mit Ihrem Sinn für Genauigkeit, mir sagen, wie spät es ist?«

»Es ist fast zwanzig nach acht«, antwortete sie, ohne ihren Schwiegervater anzusehen.

»Ich danke Ihnen vielmals«, fügte Henri Cresson

hinzu. »Entschuldigt mich, diese Debatte muss ich verfolgen, ich will sie um keinen Preis verpassen. Danke, bis später.«

* * *

Ungerührt wandte er sich ab, drehte allen, die mit dem Löffel in der Hand vor ihrem Dessert saßen, den Rücken zu, nahm seine Fernbedienung und schaltete das Gerät ein. Nach kurzem Flimmern und dem Wetterbericht wurde endlich die gewünschte Sendung angekündigt.

Da die anderen ihren eigenen Fernseher hatten, auf halbem Weg zwischen dem marokkanischen und dem finnischen Salon, bezogen sie die chinesische Couch und machten ihn an. Für sie gab es keine besonders große Programmauswahl, ebenso wenig wie für alle übrigen Franzosen, es lief eine packende amerikanische Serie, die jedermann ans Herz ging, die letzte von zehn weidlich bekannten Episoden. Um die Wahrheit zu sagen, interessierte sich Philippe genauso wie die beiden Frauen für die Liebesabenteuer der glänzenden, zwischen ihren biestigen, ehrgeizigen Ehefrauen und ihren missratenen Kindern gefangenen Geschäftsmänner. Ludovic hatte eine Folge der Serie mit angesehen, wobei er zur allgemeinen Enttäuschung fast sofort eingeschlafen war. Er setzte sich dennoch auf ein Sofa und betrachtete den kleinen schwarze Kasten mit geheucheltem Interesse. Nach zehn Minuten Werbung und einem Vorspann mit schöner, tragischer Musik im Hintergrund waren alle von der Geschichte gebannt.

Henri Cresson seinerseits saß vor den Kontrahenten aus Gewerkschaft und Arbeitgeberschaft und lauschte ihnen schon etwas gähnend. Die amerikanische Serie endete gut, Gott sei Dank, denn ganz Frankreich hatte bis dahin beim Zuschauen geweint. Einige bewegende Szenen hatten die Augen der Frauen gerötet, doch Philippe hielt sich vor seinem Schwager zurück, denn der hätte ihn zwei Wochen lang damit aufgezogen. Er machte ein unbeteiligtes Gesicht und zwinkerte Ludovic zu, der brav und stumpfsinnig vor dem Bildschirm gesessen hatte, erst die triumphierende Musik am Ende schien ihn wieder zum Leben zu erwecken.

Bei Henri drüben verabschiedeten sich die beiden Anführer voneinander, wobei sich niemand mehr um Subtilität bemühte, denn angesichts der nahenden Wahlen blieb keine Zeit für Spitzfindigkeiten. Henri schreckte hoch, als das Geschwätz der beiden Kumpane verstummte; er drehte sich zu den Menschen um, mit denen er nun schon recht lange gegen seinen Willen Umgang pflegte.

»Sie haben die ganze Zeit nur Stuss geredet. Zwei echte Schwachköpfe! Armes Frankreich!«, rief er, hochzufrieden, denn er hatte am Vorabend einen Coup an der Börse gelandet, über den er sich nur mit seinem Sekretär, einem echten Emporkriecher, hatte freuen können.

Er brauchte seine Familie nicht mal davon zu unterrichten. Daher stand er unvermittelt auf und fuhr fort:

»Jedenfalls kann man nicht sagen (nicht ohne Scheinheiligkeit, denn seine Verdauungsgeräusche waren im ganzen Haus zu hören gewesen), dass ihr Schlagabtausch euer amerikanisches Melodram gestört hätte!« Und er fügte hinzu: »Nun, dann wünsche ich euch einen guten Abend.«

Ebenso unvermittelt zog er seine herabhängenden Hosenträger wieder hoch, kickte eine Khmer-Statuette aus seiner Schneise, die sich dorthin verirrt hatte und nach kurzem Flug auf einem marokkanischen Kissen landete, dann verschwand er, anscheinend, für eine Runde im Park.

Die Luft draußen war wirklich mild an diesem Herbstabend. Ludovic wäre vielleicht mit ihm gegangen, wenn die Fernsehzuschauer nicht ihre emotionalen Eindrücke, ihr Mitgefühl oder ihre Begeisterung für die drei Helden des Films hätten äußern wollen.

Nachdem sie verschiedene, sensible und kluge Kommentare zu dieser wundervollen Serie ausgetauscht hatten (nur die Amerikaner verstanden es, diese Art von *settlements* mit ihren wohlbekannten Methoden zu verbinden) und Großmut, Herz sowie Intelligenz der Figuren hervorgehoben hatten, versuchte Sandra, den letzten Satz zu wiederholen: »*Yes, my dear* Mrs Scott, Sie haben ihn geliebt, aber nicht so sehr, dass es Sie umgebracht hätte, denn die Liebe kann manchmal zu Tode verletzen und enden.« Diese Worte, ausgesprochen von der schwarzen Amme der Heldin, erklangen mit dem Akzent der – für solche Historiendramen typischen – kerngesunden »guten Sklaven«, einem Akzent, den man aus dem Mund der Besitzerin der Cressonnade allerdings nicht erwartet hätte. Der gutmütige, meridionale Tonfall reizte ihren Bruder Philippe zu einem unkontrollierbaren, hysterischen Lachen, das ihn auf sein Zimmer trieb. Die beiden Frauen diskutierten weiter darüber, wie sie selbst sich möglicherweise in gewissen Situationen verhalten hätten (»Ja, ja, geben wir es ruhig zu.«). Sandra sah die Füße ihres Stiefsohns aus einem – vielleicht mexikanischen oder beduinischen, man wusste es nicht – Sofa hervorragen und fragte ihn, mit einem Hauch Anteilname in der Stimme:

»Und Sie, Ludovic, hat es Ihnen gefallen?«

»Ich habe nicht alles gesehen«, gestand dieser, »aber die Dialoge, die ich am Anfang mitbekommen habe, erschienen mir ein wenig … schwerfällig.«

»Etwas anderes war ja auch nicht zu erwarten«, sagte Marie-Laure, an ein enttäuschtes Publikum gewandt. »Er hat in seinem Leben keine fünf Filme gesehen und sicher nicht mehr als zehn Bücher gelesen. Oder mehr als ein Gemälde betrachtet.«

Freundlich, ruhig, ohne sich um den verächtlichen Ton der beiden Frauen zu kümmern, bemerkte Ludovic, er habe Gedichte gelesen, sie immer geliebt, und plötzlich deklamierte er vor ihren zweifelnden Mienen:

Deine Augen, welche sich erweisen
Bitter nicht, noch hold
Sind kalte Steine, in denen Eisen
Sich vermengt mit Gold.

»Selbst in der Poesie hegen Sie[1] den Frauen gegenüber einen gewissen Groll«, kommentierte Marie-Laure. »Armer Verlaine!«

»Das ist von Baudelaire, glaube ich«, stellte er sanft richtig – was Marie-Laure, eher beschämt als siegreich, erst recht auf die Palme brachte.

»Überprüfen Sie das morgen im Lexikon«, warf sie ihm lachend hin.

Dann nahm sie den Arm ihrer Schwiegermutter (selbst unfähig, die beiden Dichter voneinander zu unterscheiden), die sich müde und rührselig an sie klammerte, um die Stufen zu erklimmen. So stiegen sie die Treppe hoch, steif wie zwei Ziegen, Marie-Laure mit vorgerecktem Kinn vor Wut, die ihr immer besondere Kraft verlieh.

* * *

Im Zimmer hatte der Butler bereits sorgfältig alle Lampen sowie den Fernseher ausgeschaltet. Der Salon war nur noch in den grässlichen Schein der Lichterkette

1 Die Übersetzung des Romans folgt der nicht ganz einheitlichen Personenanrede des Originals. (A. d. Ü.)

getaucht, die die Brüstung umrahmte. Inmitten all der verschiedenen, in ihrer authentischen Hässlichkeit vereinten Epochen wirkte diese grelle Note beinahe behaglich. Henri Cresson hatte im Haus großbürgerliche Regeln eingeführt und seit Langem keinen Lichtschalter mehr angerührt. Von Zeit zu Zeit ließ er eine der von Sandra bevorzugten 40-Watt-Birnen durch eine 200-Watt-Birne ersetzen, da die dämmrige Beleuchtung seiner Frau ihn in Trübsal stürzte. Er hatte sogar verboten, dass man wo auch immer weniger als 80 Watt hineinschraubte.

Sandra wusste genauso gut wie Henri, dass brennende Lampen, rauschende Fernseher und anderer Unfug letztendlich sehr teuer werden konnten, aber sie würde trotz alledem nicht im Dunkeln die Treppe hochgehen, schließlich kostete die Klinik mehr als eine Glühbirne. Daher rief sie Ludovic, der allein im Salon zurückgeblieben war, zu:

»Macht ja die Lichterkette aus!«

Zärtliche Abschiedsworte einer liebevollen Stiefmutter.

***

Ludovic und Marie-Laure bewohnten das Zimmer des jungen Brautpaars oder in diesem Fall des verunglückten Brautpaars. Es war ein großer Raum auf der anderen Seite des Hauses, zu den Hügeln hin gelegen, von dem aus eine kleine Treppe in eine Art Büro mit Sofa führte, wo die Frischvermählten sich zwischen zwei Kapriolen ausruhen oder ein wenig lesen konnten.

Selbstverständlich erwartete man, dass Ludovic, der durch ein Wunder geheilte Wiedergänger, der Ex-Schwachsinnige der Familie, Liebesnächte mit seiner Frau verbrachte, aber das schmale Feldbett, die Pflanze und die paar Bücher, aus denen der Ruheraum im Erdgeschoss bestand, leisteten ihm im Moment bessere Dienste.

Die hohe, auf die Terrasse hinausgehende Fenstertür dieses Zimmers war geöffnet. Ludovic trat ein, entkleidete sich rasch und zog einen komischen Pyjama an, der besser zu einem Säugling gepasst hätte – er schien sich daran gewöhnt zu haben. Nachdem er die Nachttischlämpchen angeknipst hatte, begann er die Stufen hochzugehen, die die beiden Räume miteinander verbanden.

»Marie-Laure? Marie-Laure?«, rief er sanft.

Seine Frau riss die Tür auf.

»Was wollen Sie?«

Ihre Stimme hallte über die Treppe, entwischte durch die noch immer geöffnete Terrassentür nach draußen, und die vage Ahnung eines Skandals ließ sie sofort leiser sprechen. In umso aggressiverem Ton zischte sie durch die Zähne:

»Was wollen Sie? Was wollen Sie denn noch?«

»Ich würde gerne zu Ihnen kommen«, sagte Ludovic langsam und mit ausgesuchter Höflichkeit. »Ich wäre gern wieder bei Ihnen.«

»Niemals! Das habe ich Ihnen bereits gesagt, niemals!«

Sie verstummte.

Marie-Laure war eine Stufe runtergegangen und beugte nun ihr vor Missmut und Zorn verzerrtes, gleichsam altersloses Gesicht über ihn. In ihrem langen Kimono-Morgenmantel, aus dessen weiten Ärmeln magere Hände mit lackierten Nägeln ragten, die sie, wie um ihn nicht zu erwürgen, verzweifelt um die Geländer zu beiden Seiten der Treppe krallte, erinnerte sie mit einem Mal auf faszinierende, aber bedrohliche Weise an gewisse Riesenfledermäuse im Zoo, vor denen sich die Kinder fürchteten.

Ludovic lehnte sich weit zurück und klammerte sich ebenfalls reflexartig an das Holzgeländer. So glichen sie weniger einem jungen Paar beim zärtlichen Liebesgeflüster als vielmehr Todfeinden, die einander an den Kragen wollen.

So zumindest erschienen sie Henri Cresson, der, versteckt hinter einer Platane, das Gesicht seiner Schwiegertochter im Blick hatte und auch seinen Sohn, der immer mehr in sich zusammensackte. Sie waren zehn Meter entfernt, und Henri Cresson sah und hörte alles, was aus der erleuchteten Fenstertür hervorquoll: Worte und Bilder, die seine Züge erstarren ließen.

»Ich bin wieder gesund«, antwortete Ludovic ihr schleppend. »Ich liebe Sie, und ich bin wieder gesund.«

»Hör zu, ich wollte es dir nicht so direkt sagen, aber deine allabendliche Beharrlichkeit zwingt mich dazu: Du bist nicht gesund, du wirst nie wieder gesund werden! Jedes Mal, wenn wir dich besuchten, habe ich dich in einer Zwangsjacke gesehen, kriechend, beißend, sabbernd, lachend wie ein Schwachkopf mit all den anderen Irren, wie soll ich das je vergessen?! Es war entsetzlich! Glaubst du ernsthaft, dass ich mit einer wilden und bösartigen Bestie in meinem Bett schlafen will? Ich könnte dich niemals neben mir ertragen, also wirklich, überleg doch mal … Keine einzige Frau könnte das. Dieser leere Blick, diese hängenden Arme, das ist abstoßend! Verstehst du? Sag, verstehst du das?«

Henri Cresson, der von seinem Posten aus nur die verzerrten Züge seiner Schwiegertochter und Ludovics gekrümmten Rücken sah, hatte einen seltsamen Gesichtsausdruck angenommen: Er glich einer zornigen Holzmaske, wie manche Götzenbilder von entlegenen Inseln.

»Ich war nie bösartig, nur benommen.«

»Woher willst du das wissen? Ludovic, wir lassen uns scheiden. So schnell wie möglich, bitte, nach dem Fest. Leb wohl.«

Sie machte kehrt, stieg ihr kurzes Stück Treppe wieder hoch, stolperte über die letzte Stufe und betrat mit gesenktem Kopf ihr Zimmer, was der Dramatik ihrer Geste etwas Abbruch tat.

Ludovic wandte sich langsam um, ging die Treppe

hinunter und streckte sich auf seinem Feldbett aus. Er hatte denselben Gesichtsausdruck wie sein Vater, unbeteiligt und abwesend, wie versteinert, aber ohne Wildheit: Als er sich mit einem alten, klapprigen Feuerzeug eine Zigarette anzündete, tat er es ohne jede Mühe, ohne das geringste Zittern.

3

Die blasse, schillernde Sonne von Austerlitz, oder besser der Touraine an diesem Tag, fiel in Ludovics mönchisches Zimmer und verwandelte seine zufriedene, vom Schlaf entspannte Miene binnen weniger Sekunden in eine Maske der Traurigkeit. Er blinzelte und erinnerte sich an den Mann, der, wie er nun wusste, seiner Frau für alle Zeit Widerwillen einflößen, sie abstoßen würde. Mit einem konfusen Stöhnen drehte er seinen Kopf auf dem Kissen. Als er ein Auge öffnete, sah er aus dem immer und in alle Ewigkeit zu kurzen Pyjamaärmel ein Handgelenk mit hervorspringendem Knöchel wie bei einem Halbwüchsigen ragen, anstelle des kräftigen Arms, den er einmal gehabt hatte. Die Einsamkeit, die Angst, die Enttäuschung, die er seit seiner Rückkehr empfand und die Marie-Laure nun erklärt hatte, erschienen ihm grausamer als die endlosen düsteren Tage davor. Dabei konnte er dem Mann, zu dem er hinter den dicken Glastüren der Heilanstalten so plötzlich und so allmählich geworden war, nicht mal sein Verhalten, sein Äußeres und den, wie er nun wusste, von ihm geweckten Abscheu vorwerfen. Ludovic hatte sich selbst nie genug Interesse entgegengebracht – hatte tatsächlich nie die Zeit dafür gehabt –, um daran zu denken, dass er sich umbringen und so dieses im Grunde noch nicht besonders lange gelebte Leben abkürzen könnte. Es gab keine Spiegel in den Heilanstalten, höchstens ein Stück Glas, um sich zu rasieren, und auch das nur, wenn die Schwestern vom Lebenswillen des Patienten überzeugt waren. So hatte Ludovic sich nach zwei Jahren zum ersten Mal wieder gesehen. Als der Krankenwagen, der ihn zur Cressonnade zurückbrachte, vor einer Apotheke hielt, hatte sich in deren Schaufenster das Gesicht eines fremden und aufgeregten jungen Mannes gespiegelt. Bei seiner Ankunft in La Cressonnade hatten ihn Sandras und Marie-Laures nicht näher präzisierte »Wie sehr du dich verändert hast!« zunächst nicht weiter verblüfft. Dagegen musste er über Martins zufriedene Miene – »Monsieur sieht sehr viel besser aus als beim letzten Mal« – lachen: Tatsächlich hatte Martin ihn zuletzt im Koma, nachdem er schon die Letzte Ölung empfangen hatte, gesehen. Sandra hatte nicht ohne Strenge angemerkt, diesem Sterbesakrament, das ein kopfloser Priester einem Atheisten zwischen Leben und Tod buchstäblich aufgenötigt hatte, hafte ein Ruch von Betrug an. Im Grunde warf sie ihrem Schwiegersohn eine gewisse Heimtücke vor, auch wenn sie dies erst später ausgesprochen hatte. Sie hatte einen Rippenstoß ihres Gatten gefürchtet, der sich, trotz seiner respektvollen Manieren, bisweilen zu ungerechtfertigten und groben Gesten hinreißen ließ. So hatte er ihr zu Beginn ihrer Ehe, unter dem Vorwand, sie zum Schweigen bringen zu wollen, leichte Klapse auf die Schulter gegeben, die sich, wenn sie weitersprach, in regelrechte Hiebe verwandelten, kräftige Schläge zwischen die Schulterblätter, die sie nach vorn katapultierten. Oder, im Gegenteil, in unsanfte, erstickende Umarmungen, wobei er sie so energisch an sich presste, dass er sämtliche Ansätze, ihre Theorie zu Ludovic und seinen jüngsten Scheinheiligkeiten darzulegen, zunichtemachte. Diesmal hatte Henri Cresson sie wie ein eifersüchtiger Riesensäuger an sein Herz gedrückt und ihr ins Ohr geflüstert: »Hättest du es angemessener gefunden, wenn er gestorben wäre?«, was natürlich nicht der Fall war. Doch selbst die intelligentesten Männer verfügen bei gewissen Fragen nicht immer über die erforderliche Finesse. Auch Marie-Laure, obgleich eine Frau, hatte die Sichtweise ihrer Schwiegermutter nicht verstanden.

* * *

Es war früh, relativ früh für die Gäste der Cressonnade, »aber der Hausherr ist im Morgengrauen losgefahren«, erzählte Sandra mit ihrer üblichen Mischung aus Bewunderung und Mitleid den Bewohnern, die schon aufgestanden und im Speisezimmer versammelt waren (sie hatte sich aufgerafft, herunterzukommen).

»Es genügt ihm nicht, um acht Uhr morgens ins

Büro zu gehen«, begeisterte sie sich, »er ist um sechs Uhr aufgebrochen. Und als ich ihn fragte, warum, hat er mir eine dermaßen seltsame Antwort gegeben … Ich habe ihn bestimmt falsch verstanden …«

Sie stieß ein kleines, verwirrtes und kokettes Lachen aus, das die Aufmerksamkeit aller Anwesenden auf sich zog.

»Wir können dir helfen, es herauszufinden«, sagte Philippe. »Wir sind an den Humor deines Mannes gewöhnt.«

»Er hat mir wortwörtlich geantwortet: ›Mein kleiner Schatz, bleib schön im Bett bei deinen alten Kopfkissen und rühr dich nicht vom Fleck, bis ich wiederkomme!‹«

Philippe, Marie-Laure und Ludovic brachen in Gelächter aus. Sandra stimmte mit ein, bis der Dreifuß, auf dem sie hockte, zu kippeln begann, ein Dreifuß aus Glimmer, bezogen mit einem unbrennbaren, unbefleckbaren, unzerstörbaren, unoxidierbaren, aber unauswechselbaren und, kurz, unkäuflichen Stoff. Ihr blieb nur, sich anmutig auf den marokkanischen Pouf, der ihr eher gewachsen war, fallen zu lassen.

Sie hob den Finger zu Martin, dem Butler.

»Man sollte das an diese Fabrik in Schweden oder sonst wo zurückschicken«, sagte sie streng, um ihr Missgeschick zu überspielen.

»Diese Fabrik hat vor sechzig Jahren Bankrott gemacht«, murmelte Philippe, »tut mir leid. Übrigens wollte ich dir einen Gartenstuhl vom selben Raumausstatter kaufen, Checker hieß er, doch er ist unauffindbar, aus und vorbei.«

»Die schönen und originellen Dinge sind nicht mehr gefragt«, klagte seine Schwester, wobei sie sich eine neue Scheibe Sandkuchen nahm, da ihre unter das »Zebu« gerutscht war, ein fälschlicherweise so bezeichnetes Tier, dessen Skelett, Haut und Kopf man durch ebenso häufige wie kostspielige Reparaturen hatte erhalten können.

Dieses grausliche, im Übrigen selbst den abwegigsten Museen unbekannte Vieh hatte Kindern wie Tieren stets Furcht und Erwachsenen Abscheu eingeflößt. Mit der Zeit hatten die wagemutigsten Hunde Stücke davon abgerissen, sein Fell war verschwunden, genau wie seine Hörner, und es sah nun wirklich nur noch aus wie das größte und hässlichste Tier des Planeten Erde und der Ära des Diplodokus. Das sogenannte Zebu thronte im Salon, den dicken Schwanz um die Kopie des Sarkophags von Tutanchamun gewunden, während sein Kopf an den gotischen Schrank aus dem Nachlass eines Priesters der Inquisition stieß. Wie auch immer, dieses Relikt war nicht schön anzusehen. Und, nebenbei bemerkt, sah die Familie es auch gar nicht mehr. Nur Fremde erschraken noch darüber, denn es musste in seiner Art gigantisch gewesen sein (allerdings nicht, wie Sandra behauptete, der triumphale Herausforderer unter den protzigen Diplodoken).

* * *

Henri Cresson war in der Tat sehr früh aufgestanden, nachdem er eine unruhige Nacht verbracht hatte. Die Runde Marie-Laure/Ludovic, deren Zeuge er am Vorabend hinter der Platane geworden war, hatte seinen Schlaf gestört. Wenn er seinen Sohn auch nicht übertrieben behütete, so hatte er doch zumindest lange Zeit geglaubt, dass er glücklich sei, und sah ihn jetzt außerstande, dies wieder zu werden. Unter seinem Dach fand ein schäbiger, ungleicher Kampf statt, dessen ausgemachtes Opfer Ludovic hieß, sein Fleisch und Blut, für den er Verantwortung trug. Henri Cresson hatte daher beim Aufwachen schlechte Laune, die sich in Zorn gegen sich selbst verwandelte, gegen die Leute, gegen die anderen, gegen alles – bis auf die völlige Hingabe, die totale Hingabe seiner ersten Ehefrau –, was zwischen die Menschen trat und sie dazu trieb, sich zu paaren und wie Haustiere in trostloser Gemeinschaft zusammenzuleben.

Man hätte sagen können, Henri Cresson wäre andauernd schlechter Laune gewesen oder andauernd kurz davor, aus der Haut zu fahren, aber das stimmte nicht: Er rechtfertigte dieses Temperament mit in seinen Augen triftigen Gründen. Ein Geschäft, das nicht lief, jemand, der sich ihm widersetzte, eine schöne Frau, die ihn langweilte, irgendwas, was ihm nicht passte. Also bitte, er hatte zu tun. Aber was noch mal?

Ach ja: mit einer anerkannten Prostituierten über diesen Dämlack von Ludovic reden. Er stieg also in seinen Wagen, erinnerte sich daran, dass man in der Straße dieser Person schlecht parken konnte, entschied dann, dass er schon einen Platz finden würde. Und tat es.

Madame Hamel war da, lange vor ihm, doch das wusste er nicht. Sie hatte genug Zeit gehabt, über den Tresen zu wischen, hatte zwei Barhocker frei geräumt und ein wenig von den anderen abgerückt, als könnten diese simplen hölzernen Sitzmöbel unerwünschte Zeugen sein. Sie hatte auch je eine Flasche Whisky, Ricard, Perrier und Cola herausgeholt. Man wusste ja nie: Männer änderten sich und entwickelten zuweilen immer merkwürdigere Vorlieben.

Henri Cresson trat ungezwungen ein, durchquerte das kleine Vorzimmer, als wäre es ihm wohlvertraut, nahm, bei Madame Hamel angelangt, deren Fingerspitzen, beugte sich darüber und küsste sie. Sie liebte das, daran erinnerte er sich dunkel. Es entsprach sicher der Vorstellung, die sie sich von einem Gentleman machte.

Er setzte sich auf den Hocker neben ihr, ließ seine Hand unschlüssig über den Flaschen schweben und erhob sich schließlich wieder, rutschte auf seine Zehenspitzen, denn, das ist vielleicht noch nicht bekannt, er war von mittlerer Statur und hatte etwas kurze Beine. Er sprang also von seinem Hochsitz, ging eine Flasche Wodka holen und brachte sie zur Bar, wo er ebenso mühsam wieder Platz nahm und triumphierend seine Trophäe abstellte.

Madame Hamel ließ ihn nicht einfach nur gewähren,

sondern lief aufgeregt um ihn herum, besorgte Eiswürfel, Soda, es sei denn, er hätte lieber Tonic Water?, und so weiter. Endlich hörte sie damit auf, goss sich ebenfalls einen Wodka ein, und so stießen sie an wie alte Freunde oder Leute, die sich nicht oder nicht mehr kannten, was in ihrem Fall zutraf.

»Schön wie eh und je«, sagte Henri Cresson brüsk, da ihm Komplimente lästig waren, wenn sie von ihm selbst und, mehr noch, wenn sie von anderen kamen.

»Sie machen Witze«, antwortete sie. »Galant wie eh und je, aber Sie machen Witze.«

»Niemals über ernste Dinge«, erwiderte er lächelnd.

Und er kippte einen Schluck Wodka herunter, so schwierig oder absurd erschien ihm sein Vorhaben mit einem Mal, jedenfalls zu schön oder zu interessant für diese wie eine Lehrerin geschminkte Frau. Madame Hamel sah sofort, dass die Unterhaltung nicht so einfach werden würde, und warf ihm ein paar Belanglosigkeiten hin, die, wie sie wusste, geeignet waren, ein Gespräch aufzulockern: Wie ging es ihm? Und warum sah man ihn gar nicht mehr? War er zufrieden mit seinen Geschäften? Alle Welt sprach nur über ihn und seinen Erfolg … Anscheinend sogar in Paris. Hatte er wirklich politische Ambitionen? Er ließ alles durchgehen, bis auf den letzten Punkt, den er mit einer einfachen Geste seiner zum Boden geöffneten Hand quittierte.

»Die Politik. Niemals! Das ist alles Humbug, einfach nur Humbug!«

Sie nickte zustimmend.

»Gut!«, sagte er und schlug dabei mit der flachen Hand auf den Tresen. »Ich möchte Ihnen nicht noch mehr Zeit stehlen. Folgendes Problem: Sie wissen, dass mein Sohn, mein einziger, Ludovic, einen schweren Unfall hatte?«

»Aber sicher, sicher …«

»Gut. Sie wissen, dass man ihn danach in irgendwelchen lächerlichen Kliniken herumliegen ließ, wo er seine Zeit, mein Geld und die nutzlosen Medikamente seiner Psy… Psychiater vergeudet hat. Sie sind auf dem Laufenden? Natürlich. Da kann man noch so diskret sein …«

Er lachte höhnisch. Seltsamerweise brachte er Madame Hamel in Verlegenheit. Sie hatte alles erwartet, außer dass er ihr von seinem Sohn erzählte. Das war befremdlich.

»Richtig, man redet nicht genug über Ihren Sohn. Genauer gesagt, man redet über ihn, aber nur Unfug. Man weiß überhaupt nichts mehr.«

»Ja, ja«, sagte er. »Haben Sie ihn gesehen?«

»Natürlich nicht, er lässt sich ja nicht blicken. Der Gärtner der Stadtverwaltung ist ihm zufällig begegnet, als er bei Ihnen irgendwas ausladen wollte. Er fand ihn recht abwesend, dünn, aber er hat nichts gesagt. Das ist nicht klug. Ihr Ludovic muss rausgehen, sich zeigen, allen beweisen, dass er nicht …«

Sie unterbrach sich und zuckte mit den Schultern.

»Dass er nicht verrückt ist?«, vollendete Henri Cresson den Satz. »Er ist es nicht, wenn er es überhaupt je gewesen sein sollte. Dafür wurde er von Schwachköpfen stumpfsinnig gemacht. Und er wird sehr bald wieder arbeiten gehen, aber all das hat ihn aus der Bahn geworfen, verstehen Sie? Zwei Jahre lang vollgestopft mit allen möglichen Beruhigungsmitteln, das bekommt niemandem.«

»Das glaube ich Ihnen gern«, stimmte Madame Hamel zu und wollte gleich eine lehrreiche Geschichte zum Besten geben, die er jedoch sofort mit einer Handbewegung wegwischte.

Sie machte wieder ein aufmerksames Gesicht.

»Er hat zwei Jahre lang keine Frau gehabt. Er ist, wie alle Cressons, von, sagen wir, lebhaftem Charakter und musste zwei Jahre lang auf Frauen verzichten, was wirklich schlimm ist.«

»Aber seine Frau ist doch unverzüglich gekommen, um sich seiner anzunehmen! Es ist eine reizende Schwiegertochter, die Sie da haben, und noch dazu wunderschön, und …«

Er unterbrach sie.

»Nein, sie mag ja hübsch sein, aber sie ist ein Biest, eine ganz Ambitionierte, kurz, nicht das, was es braucht für diesen unschuldigen, freundlichen, zuvorkommenden Jungen. Das schafft er nicht«, sagte er mit einem Hauch Nostalgie. »Jedenfalls, wie dem auch sei, sie macht ihm weis, eine Frau könne sich unmöglich wieder auf einen Mann einlassen, der verrückt war. Und sie zeigt ihm die kalte Schulter, voilà. Sie lässt ihn nicht in ihr Bett.«

Madame Hamel zuckte so heftig zusammen, dass sie

beinahe von ihrem Hocker gefallen wäre. Dieser Satz, »sie lässt ihn nicht in ihr Bett«, war das Schrecklichste, was sie sich vorstellen konnte, bei ihrem Beruf.

»Aber das ist … das ist ja fürchterlich! Und ungesetzlich obendrein, wissen Sie! Sie können verlangen …«

Henris Miene machte ihr deutlich, dass es nichts zu verlangen gab, außer dass sie ihm zuhörte.

»Was wollen Sie tun?«

»Ich will ihn in dieser Hinsicht schleunigst beruhigen. Wie schade, dass Sie ihn nicht gesehen haben. Er sieht jetzt wieder besser aus als vorher, noch reizvoller. Er war ein hübscher Junge, erinnern Sie sich?«

»O ja, allerdings!« Sie nickte. »Er war ein hübscher, fröhlicher Junge, der den Mädchen gefiel, und mehr noch, sie mochten ihn alle sehr. Ihr Sohn war ein wirklich anständiger Junge, ich wüsste nicht, wie irgendein Medikament aus ihm einen … einen … einen Rohling gemacht haben sollte.«

»Ich auch nicht. Eine Ihrer … jungen Damen müsste ihn wieder aufbauen. Meinen Sie, das wäre möglich?«

»Aber natürlich«, bestätigte Madame Hamel, auch wenn Ludovic Cressons zweifelhafter, wunderlicher, ja unheimlicher Ruf sie doch ein wenig beunruhigte.

Das war nicht so einfach. Mal sehen, wer? … Wer? … Wer? Gestalten und Gesichter begannen sich vor ihren Augen zu drehen. Zu jung oder zu dämlich …

»Es liegt auf der Hand, dass sie weder ein kleines Dummchen noch eine Neurotikerin sein darf«, sagte Henri Cresson denn auch. »Wir brauchen eine Frau, eine gute Frau, die Jungs gernehat und mit ihnen umzugehen weiß, jedenfalls unter diesen Umständen. Sind wir uns da einig?«

»Warten Sie, warten Sie … Ich denke gerade an eine charmante junge Frau, die Sie selbst nicht kennen, sie ist eben erst aus Paris gekommen, aus Clichy, um genau zu sein, und die schreckt vor nichts zurück.«

»Mein Sohn braucht keine unerschrockene Frau!«, entgegnete Henri verärgert und schlug dabei wieder mit der Hand auf den Tresen. »Er braucht nur eine neue Erfahrung. Helfen wir ihm dabei. Wenn das erst getan ist, wird alles besser werden. Für ihn wie für uns.«

»Das muss eine unerträgliche Situation sein. Auch für Ihre arme Frau.«

»Pff, sie bekommt davon nichts mit. Sie bekommt im Übrigen nie irgendetwas mit. Er dagegen sehr wohl, weil dieses Biest von seiner Frau es ihm gesagt hat, und er glaubt, er sei abstoßend geworden. Was ganz und gar nicht stimmt. Machen wir es einfach so, ich bringe ihn nach dem Mittagessen hier vorbei.«

»Also bitte, Monsieur Cresson, Sie machen wohl Witze, ich habe vollstes Vertrauen zu Ihnen! Dieser hübsche Junge …«

Wieder schlug er auf den Tresen.

»Genau darum! Ich will, dass Sie ihn sehen. Entweder halten Sie mich dann für nicht bei Trost, oder sie werden voll und ganz meiner Meinung sein. Ich bin gegen halb zwei bei Ihnen.«

Damit machte er auf dem Absatz kehrt und ging.

Leicht gerötet und aufgelöst angesichts ihrer delikaten Aufgabe, griff Madame Hamel zu Papier und Stift, um eine Liste von Vornamen zu erstellen, die von ihrer Feder fielen wie Äpfel von einem Baum im Frühling.

* * *

Es war gegen halb eins, eins. Henri Cresson hätte gut zum Essen nach Hause fahren und seinen Sohn Ludovic anschließend kurzerhand entführen können, doch er überlegte einen Moment: Schon mit seiner Familie zu Abend zu essen zermürbte ihn und raubte ihm den letzten Nerv, zwei Mahlzeiten pro Tag mit ihnen einzunehmen wäre unerträglich. Also hielt er unterwegs in einem Gasthaus an, das er kannte und wo er eine köstliche Kuttelwurst aß, ein Gericht, das seine Frau nicht gern auf ihren Tellern sah. Trotzdem musste er zu Hause anrufen, um zu verhindern, dass Ludovic sich nach dem Mittagessen verflüchtigte und nicht da wäre, wenn er kam.

Martin nahm das Telefonat entgegen, mit seiner Stimme eines rein logisch denkenden Mannes, was bedeutete, dass er irgendeine Dummheit angestellt haben musste, denn in solchen Fällen setzte er immer ein noch undurchdringlicheres Gesicht auf als sonst und erinnerte entfernt an Mr. Spock, diesen Science-Fiction-Serienhelden, den Ludovic und er liebten. Die einzige fiktive Figur, die sie gemeinsam kennengelernt und noch dazu beide gemocht hatten.

»Die Damen und Herren sind …«, hob der Butler in wehleidigem und kühlem Ton an.

»Ich habe nicht gefragt, wo sie sind, ich habe dich gebeten, mir einen von ihnen an den Apparat zu geben. Ach, obwohl, nicht nötig. Sag Ludovic einfach, dass ich ihn nach dem Mittagessen abhole.«

»Monsieur wird Monsieur nach dem Mittagessen abholen? Sehr gut, ich werde es ihm ausrichten, Monsieur.«

»Alles in Ordnung, Martin?«

»Alles bestens, Monsieur, danke.«

Henri legte eilends auf. Es musste mal wieder ein häusliches Drama in der Cressonnade gegeben haben, und er war froh über die Eingebung, die ihn davor bewahrt hatte, wenigstens noch für eine Stunde. »Gemütlich in einem Ohrensessel sitzen, mit dem Hund zu deinen Füßen, einer guten Flasche Scotch und einem schönen Kaminfeuer«, hörte er manchmal: Was für Hirngespinste untätiger Schwachköpfe.

Was sein Aufstehen im Morgengrauen und seine verfrühte Ankunft in der übrigens noch völlig ausgestorbenen Fabrik betraf, so war das damit einhergehende Unbehagen nicht verschwunden. Das bisschen Unfug, das er seitdem angestellt hatte, so musste man wohl sagen, hatte ihn keinen Deut abgelenkt. Schließlich wurde unter seinem Dach ein obskurer Kampf ausgetragen, den er nicht durchschaute: erstes Ärgernis. Zweitens erwies sich das Kräfteverhältnis als absolut unausgewogen: Einer der Gegner war verletzlich, der andere unerbittlich, und da der erste äußerst sanft und zartfühlend war, erschien die Lage ausweglos. Drittens war das Opfer zu allem Überfluss sein Fleisch und Blut in direktester Abstammung; es handelte sich um seinen einzigen Sohn.

Ludovic, so wie er ihn jetzt erkannte, dieser Junge, der allen als verschroben und sensibel galt und den niemand verteidigte, schützten allein seine drei Jahre Schweigen. Gewiss, auch er selbst hatte höflich Augen und Ohren vor den ärgerlichen Gemeinheiten, dem äußerst lächerlichen und, aus seiner Sicht, grotesken Verhalten Marie-Laures verschlossen. Erst nachdem er von deren Weigerung, das Bett mit ihrem Mann zu teilen, erfahren hatte, und dass sie ihn nun schon seit einem Monat zurückwies, seine Männlichkeit mit Füßen trat und Ludovic ihr »Nein« ertrug, sah Henri die Dinge anders. Denn das waren nun schon recht viele Abende, an denen sie einem Mann, der die Frauen liebte, das Schlimmste sagte, und Gott wusste, wie sehr Ludovic die Frauen liebte, weit mehr als er, Henri, da er es mit Zärtlichkeit, Fürsorge und Feingefühl tat. Vielleicht hatte er am Vorabend unter der Platane das Schlimmste miterlebt, als er von Weitem die beiden Gesichter gesehen hatte, das eine gezeichnet von Scham, Furcht und der Weigerung einzusehen, dass die Dinge sich nicht wieder einrenken würden, nachdem das Weibsbild die schrecklichen Worte von sich gegeben hatte. Ein Weibsbild, dessen hübsches kleines, seinem Sohn entgegengerecktes Gesicht einen mörderischen Ausdruck angenommen hatte, den einer jungen Frau, die inzwischen zu allem bereit war.

Da war ihm aufgegangen, wie manche jungen Leute angesichts solcher Menschen, mit denen sie Kinder zeugen und sich ein Leben aufbauen mussten, zusammenbrechen oder feige den Schwanz einziehen konnten. Zwar hatte Henri selbst vor gar nichts Angst, nicht mal vor diesen Kreaturen, die ihm vielleicht gefallen hätten, und er war sich auch seiner angeborenen Wildheit bewusst, dieses Überlebens-, Vergnügungs- und Dominanztriebes. Doch dort hatte er zweifellos der Generalprobe des Endes eines Schicksals beigewohnt, welches glücklich hätte sein können, es gewesen war, das wusste er, zumal es Ludovic nicht an den Voraussetzungen zum Glücklichsein fehlte. Aber im Augenblich war sein Sohn wie vor den Kopf geschlagen: Er wirkte auf ihn manchmal wie ein Engel oder ein Gespenst. Ludovic musste unbedingt wieder Vertrauen zu sich selbst fassen und diese Gorgone mit den lieblichen Zügen und perfekten Kleidern, diese äußerlich so elegante und innerlich vulgäre Gattin, diese herzlose Frau in ihre Schranken weisen.

Einst hatte Henri Cresson den gesamten Balzac gelesen – mit zwanzig vielleicht? –, und in den verrücktesten und bewegtesten Momenten seines Lebens hatte er sich auf dieses Romanwerk berufen, in dem die Männer oft sentimental und, in seinen Augen, etwas lasch sind, diese Welt der Verlassenheit und der inneren Tragödien, bestehend aus Opfern und Schurken, aus kleinen Ehrgeizlingen und großen, vermögenden Idioten. O nein! Nein! Sein Ludovic war keiner von diesen kindischen Zynikern und auch kein Karrierist. Ein normaler Mann machte sein Vermögen nicht über die Frauen. Und wenn er dies bei dem armen Philippe ertrug, dann nur, weil sein Schwager ein angeheiratetes Familienmitglied war, keinen Franc besaß und der Mangel an Francs ihm wie eine nicht weniger schreckliche und mitleiderregende Krankheit als Gürtelrose oder Kinderlähmung erschien.

In solche Überlegungen vertieft, zerbrach er an seinem Schreibtisch drei oder vier Bleistifte, riss einige Blätter in Stücke und machte daraus Wurfpfeile, die den niederen, von seinen Sekretärinnen besetzten Etagen verkündeten, dass man ihn heute unter keinen Umständen verärgern sollte. Der aus dem ersten Stock geworfene und vor den Fenstern des Erdgeschosses vorbeitrudelnde Wurfpfeil war wie eine Alarmglocke für sein Personal.

* * *

Sylvia Hamel war vor achtundsechzig Jahren in Tours geboren worden. Nach zehn Jahren, die sie dem Reisen und ihrer Ausbildung gewidmet hatte, war sie als gemachte Frau zurückgekehrt, oder jedenfalls hatte sie die Fertigkeiten und Mittel erworben, um ihre Launen zu befriedigen. Dies war umso leichter in einer Stadt, in der sie als achtbare Frau bekannt war und in der sie während ihrer Abwesenheit die Nachrichten über ihr Glück, ihre ehrenhaften, ja verdienstvollen Tätigkeiten und diversen Erfolge hatte durchsickern lassen. Denn das war eines der Dinge, die sie gelernt hatte: niemals zu erlauben, dass die Leute einen vergaßen oder in Verruf brachten. Wer nicht da ist, gerät leicht in Misskredit; dies gilt besonders für die Provinz, wo seine Stadt zu verlassen bedeutet, dass man dort entweder keinesfalls mehr leben kann oder nicht mehr wohnen will, was Zeichen eines vorübergehenden Versagens wäre.

Seit ihrer Rückkehr hatte Madame Hamel, rundes Gesicht, weiße Haare, leicht füllig und von ganz und gar provinzieller, gut situierter Eleganz, Eigentümerin eines Stadthauses, in dem sie ausnahmsweise ein paar unglückliche, von ihren Männern geschlagene oder vom Leben mitgenommene Frauen beherbergte, in der guten Stadt erstaunlich vielfältige Rollen inne. Sie befehligte ein Regiment opulenter, verführerischer Damen von Welt, beziehungsweise aus der Provinz, die sich, von Nächstenliebe befallen wie von Pocken oder Cholera, auf ihre Anweisung hin in zahlreichen Besuchen ergingen. Madame Hamel sah sich also mit zwei gar nicht so verschiedenen Aufgaben betraut, da sie sich um den Körper der Männer und den Geist der Frauen kümmerte. Sie hatte gewissermaßen ganz selbstverständlich die wahre Leitung der Stadt übernommen, der einzig wichtigen in ihren Augen, obwohl sie nacheinander in Lyon, Miami, Detroit und schließlich Orléans, der letzten Etappe ihrer Reise durch die weite Welt, gelebt hatte. Man wusste nicht, welche Ehen oder Allianzen sie im Laufe dieser zehn Jahre eingegangen sein mochte, aber es war bekannt, dass sie zu gewissen einflussreichen Kreisen nach wie vor sehr enge Verbindungen pflegte und dass, wer immer es wagte, sie zu belästigen, eine kapitale Dummheit beging.

Doch sei es nun in der Kirche Saint-Julien, deren Chöre, Finanzen und Pastor sie verwaltete, einen armen, vollkommen verwirrten Mann, bei dem niemand recht verstand, weshalb sie sich so energisch für ihn einsetzte, oder in all den Wohltätigkeitsorganisationen, inklusive der nicht ganz so legalen, um die sie sich kümmerte, nie ließ sie es an Kompetenz mangeln. Allen Unwägbarkeiten und Ärgernissen bot Sylvia Hamel stets ihre eherne Stirn, ihre Ruhe und ihr wohlwollendes, für die Reichen bestimmtes Lächeln – und manchmal auch für die Armen, wenn sie im Begriff war, ihnen den Garaus zu machen oder sie zu kaufen.

Henri Cresson war lange Zeit ein treuer Kunde der Callgirls gewesen, die sie ihm in absteigender Rangfolge hinsichtlich Aussehen und Erfahrung schickte. Dann hatte seine Ehe mit Sandra Lebaille ihn dazu bewogen, diese etwas zu auffällige Beziehung zu beenden und sein Mütchen in der Hauptstadt oder gewissen, auf halbem Weg gelegenen Hotels zu kühlen. Dort traf er inzwischen die hübschen Mädchen der Gegend. Wenigstens zeigte er sich ihnen gegenüber höflich, gesittet und effizient in eigener Sache.

* * *

Als er in La Cressonnade eintraf, um Ludovic abzuholen, genoss seine Familie gerade das Dessert auf der Terrasse. Zu seiner eigenen Verwunderung fand Henri Cresson diese mittägliche Szene, die schönen Bäume im Park und den Schokoladenduft ganz und gar erlesen. Ohne aus dem Wagen zu steigen, starrte er reihum die Tischgäste an. Sandra, diese kräftige, inzwischen lächerlich gewordene Frau; Philippe, ihr schmarotzender Bruder, der Riesentölpel; Marie-Laure, das freudlose, unerotische, herzlose kleine Biest. Der Letzte, den er ansah und dem er ein Zeichen gab, aufzustehen, war sehr viel weniger erbärmlich. Ein bisschen unbeteiligt, vielleicht, ein bisschen konturlos, zu verletzlich für seine Frau und zu unschuldig, sicher ... Nicht dass er selbst, Henri, die Unschuld liebte, die in seinen Augen der Verstellung oder der Geistesschwäche entsprang ...

»Wo geht ihr zwei denn hin?«, rief Sandra.

Der heisere, verärgerte Ausruf überraschte die beiden Angesprochenen. Ludovic zog hastig die Autotür zu. Henri nuschelte ein paar undeutliche Sätze, beschleunigte fluchtartig und wurde erst auf der kleinen Landstraße wieder langsamer, die inzwischen von einer neuen, breiteren entthront worden war, welche beinah parallel verlief und triumphierend dank unzähliger, lästiger Kreisverkehre alles mit allem verband. Er bevorzugte insgeheim die gute alte Strecke, die ihm mit zehn Kilometern mehr die ganzen Kreisverkehre, Ampeln und Umleitungen ersparte, kurz, all die jüngsten Errungenschaften.

Während Ludovic Cresson die Straße so mit den Augen eines Beifahrers betrachtete, fiel ihm auf, wie idyllisch, aber auch altmodisch sie inzwischen wirkte. Sie war kaum noch befahren. Die Kilometermarkierungen sahen mit ihren roten Hauben und den vom Regen ausgewaschenen Lettern aus wie echte Grenzsteine. Die gelbgrünen Bäume, die nicht mehr regelmäßig geschnitten wurden, erinnerten an harmlose, nostalgische Bedrohungen. Ebenso wie die blechernen Reklameschilder, die nur noch mit einem Arm an ihren Stangen hingen und auf denen man, wenn man den Kopf schief legte, lesen konnte: »Schneckenzucht, 300 Meter«, »Hier gibt's Speis und Trank« oder »Zum Spaßvogel«, obwohl in der Stille dieser Landschaft nicht mehr das geringste Lachen zu hören war. In Wahrheit handelte es sich um eine abgehalfterte Straße, besiegt von ihrer jüngsten Rivalin, deren Donnern man wenige Kilometer entfernt von Zeit zu Zeit hören konnte, eine Straße, die man den an Fortschritt, Tempo und Anonymität glaubenden Kindern besser nicht mehr zeigte. Denn keins von ihnen würde sich an den »Spaßvogel« erinnern, da sie nie einen Fuß hineinsetzen würden.

Ludovic sagte nichts. Sein Vater beschleunigte nun wieder, bis sie hinter einer Kurve Polypen wie von einst entdeckten, drei oder vier Gendarmen, die rauchten und sich nach ihnen umdrehten, als sie vorbeirasten.

»Wo fahren wir hin?«, erkundigte sich Ludovic in konziliantem, bereits zustimmendem Ton.

Wenn ich ihm eröffnen würde, dass wir drei Monate lang Erbsen in einem Dorf in Ecuador pflanzen werden, würde er Ja sagen, dachte Henri. Da es nur wenige Väter gibt, die sich an Ohnmacht und Impotenz ihres Kindes stören, ärgerte er sich über seine Besorgnis.

»Du erinnerst dich an Madame Hamel?«, fragte er, ließ es allerdings wie eine Aussage klingen.

»Natürlich«, erwiderte Ludovic lebhaft, verdüsterte sich jedoch gleich wieder, was Henri in seinem Vorhaben bestätigte.

»Ich habe sie zufällig getroffen, und sie hat uns auf ein Gläschen zu sich eingeladen. Sie will mir ihre Neuzugänge zeigen. Erstklassig, wie es scheint. Also habe ich mir gesagt: ›Sieh mal, wenn Ludovic, der die ganze Zeit zu Hause festsitzt, nichts Besseres vorhat, da er ja noch immer nicht fährt, würde ihm das vielleicht Spaß machen.‹ Das Eheleben steht selbstverständlich auf einem anderen Blatt, da sind wir uns einig, nicht wahr?«

Henri Cresson brach in lautes Gelächter aus, das schlüpfrig, verschwörerisch und ungezwungen klingen sollte, ihm aber gründlich misslang.

Madame Hamel erwartete sie mit zwei hinreißenden, wie für den Abend geschminkten jungen Damen, die hocherfreut schienen, ihre Bekanntschaft zu machen.

Nachdem erst sein Vater mit einem der Mädchen, dann Madame Hamel selbst diskret verschwunden war, fand sich Ludovic allein mit der anderen jungen Frau in dem kleinen Salon wieder, der im Übrigen an eine Zahnarztpraxis erinnerte und in dem ein beinahe unheimliches Halbdunkel herrschte. Ein Dunkel, welches das hübsche Geschöpf veranlasste, sich dicht an den Cresson-Erben zu schmiegen. Dieser zitterte wie Espenlaub und fühlte in sich so weit zurückliegende Regungen wiedererwachen, dass er sich eher wie ein Husar als wie ein gewandter Liebhaber aufführte. Anschließend fragte ihn Alma – denn sie hieß Alma –, ob er nicht am nächsten Tag wiederkommen könne, aber zu ihr nach Hause, »wo sie es bequemer hätten«. Er sagte »Ja, o ja!« mit einem Überschwang, den sie ganz bezaubernd fand.

* * *

Begeistert von seinem eigenen Feingefühl, erwartete Henri Cresson seinen Sohn unten vor dem Haus, schnappte ihn, sobald er heraustrat, am Ärmel und beglückwünschte ihn mit einem kräftigen Schlag auf die Schulter, wobei er kurz vergaß, dass Ludovic über dreißig war.

»Kein Wort darüber, verstanden?«, ermahnte er ihn. »Wenn diese Harpyie anfängt, uns hinterherzuspionieren …«

»Ich glaube nicht, dass Marie-Laure überhaupt auf

die Idee kommt, an meiner Treue zu zweifeln«, erwiderte Ludovic nachdenklich, aber bester Dinge.

»Da liegt sie falsch. Jedenfalls war Caroline, die Neue von Madame Hamel, sehr betrübt, dass du ihr Alma vorgezogen hast. Was soll ich sagen, mein Junge: Du warst schon immer ein hübscher Kerl, aber seit deinen … deinen Aufenthalten hier und da siehst du noch besser aus. Irgendwie … äh … wie soll ich sagen … interessant.«

Wie die erfahrenen und selbstsicheren jungen Leute tauschten sie ein konspiratives, ja triumphierendes Lächeln, was sie bisher nie die Gelegenheit noch den Gedanken gehabt hatten, zu tun.

Auf dem Rückweg hielten sie am Straßenrand im Café »Zur Kreuzung«, wo sie sich eine Flasche J&B teilten. Vor der Einfahrt zur Cressonnade verließ Ludovic seinen Vater und hüpfte wie ein leicht debiler Jüngling zum Haus, wobei er den ein oder anderen Baum umarmte und die Rasenbegrenzungen gleich einem Hürdenläufer übersprang. Schließlich schlüpfte er in sein Zimmer und warf seinem Spiegelbild einen verschwörerischen Blick zu, den er, wenn er dazu imstande gewesen wäre, als lasznow hätte bezeichnen können.

4

Pünktlich um 16 Uhr 10 fuhr der Zug aus Paris in den Bahnhof von Tours ein. Am Gleis warteten seit zwanzig Minuten zwei geschniegelte Männer in Schlips und Kragen, der jüngere mit einem leeren Gepäckwagen an der Hand. Henri Cresson, der eine krankhafte Abneigung gegen das Warten hatte, war den Bahnsteig schon mehr als zehn Mal rauf- und runtermarschiert, wobei sein Sohn als »Checkpoint« diente, den er in beide Richtungen passierte.

Allein eine vage Sorge um sein Ansehen hielt Henri Cresson noch auf dem Bahnhof von Tours. Er dachte, Fanny könnte diese Aufgabe erfüllen, aber ganz sicher war er sich seiner Wahl nicht. Das erste Mal, dass sie sich getroffen hatten, zur Trauung ihrer Kinder, war schauerlich gewesen. Die Hochzeit wurde vier Monate nach Quentin Crawleys Tod gefeiert, und Fannys Gesicht war wie erloschen, ihre Blicke, ihre Züge drückten nichts als Kummer aus. Die äußerst bescheidene Zeremonie hatte in Paris stattgefunden, Henri Cresson erinnerte sich daran wie an einen zähen, verdrießlichen Albtraum. Nur Ludovics Glück hatte dieser

Trübsal etwas Glanz und eine gewisse Berechtigung verliehen.

Als der Zug in den Bahnhof einfuhr und hielt, drehte Henri sich zu den Waggons der ersten Klasse um, die an ihm vorbeigerollt waren. Er sah eine äußerst elegante Frau aussteigen, die ihn nicht beachtete, da sie einem armen Teufel zulächelte, der sich ihre Koffer aufgehalst hatte und sich fast noch dafür zu bedanken schien. Es gab zwei Wagen der ersten Klasse, Fannys war der vordere. Der König der Kresse, der Hülsenfrüchte und anderen Unsinns trabte also auf diese hochgewachsene Gestalt zu, die, nachdem sie ihren Greta-Garbo-Hut zurechtgerückt hatte, lange die Hand ihres unbekannten Trägers drückte, dieses unglückseligen Reisenden, der gerade das wohl zehnte Gepäckstück zu Fannys Füßen abstellte, ehe er zurück in den weiterfahrenden Zug sprang. Doch sie winkte ihm unbeeindruckt hinterher, und erst nachdem er in der Ferne verschwunden war, setzte sie ihren Hut noch einmal ordentlich auf, nahm die Sonnenbrille ab und blickte suchend den Bahnsteig hinunter, mit ihren schmalen, leuchtend braunen Augen über dem schönen, strahlend und liebenswürdig lächelnden Mund. Beinahe ein glückliches Gesicht, dachte Henri Cresson und beschleunigte unwillkürlich seinen Schritt.

Weithin berühmt als eine der besten Assistentinnen des großen Modeschöpfers Kempt, war Fanny außerdem bekannt für ihren Charme, ihren Mut und ihr Herz. Sie genoss das Leben in vollen Zügen, zumindest hatte sie dies bis zum Tod ihres Mannes getan. Immerhin gab sie es jetzt offenbar sehr gekonnt vor und verbrachte nicht mehr ihre gesamte Zeit damit, ihn zu vergessen.

Henri tauchte vor ihr auf und nahm voller Überschwang, ja sogar Anerkennung, was bei ihm sehr selten vorkam, ihre Hand.

»Henri Cresson«, sagte er mit einer Verbeugung.

»Und ich bin Fanny Crawley. Verzeihen Sie, ich habe Sie kaum wiedererkannt.«

»Das ging mir ebenso«, antwortete Henri mit Nachdruck.

Und in aller Natürlichkeit fügte er hinzu:

»Sie waren schon damals sehr schön, aber so furchtbar unglücklich.«

Als er wie ein Fachmann in Gefühlsdingen den Kopf schüttelte, wurden Fanny Crawleys spöttische, kastanienbraune Augen heller und milder. Sie fuhr ihm mit einer raschen Bewegung über die Wange, und die beiden sahen sich wieder die düstere Lobby dieses Hotels durchqueren, in dem das Hochzeitsessen stattgefunden hatte, und die ebenso deprimierenden Räume des Standesamts. Sie wandten sich gleichzeitig ab, wie von einem Anblick, den man verdrängt hat.

»Hatten wir nicht mal verheiratete Kinder? Wo sind sie hin?«, fragte Fanny lachend.

Wodurch sie Henri Cresson wieder in Erinnerung brachte, was er mit dieser Fremden, dieser schönen Fremden, hier auf dem Bahnsteig zu suchen hatte.

»Ludovic!«, rief er.

Er drehte sich um und sah seinen Tölpel von Sohn,

an den Gepäckwagen geklammert, der sich kein Stückchen vor oder zurück bewegen ließ. Der junge Mann stemmte sich mit aller Kraft gegen das verflixte Ding und fluchte dabei leise, aber deutlich.

»Was für ein Schafskopf! Ich werd's ihm zeigen, warten Sie auf mich.«

Fanny sah, wie Henri Cresson entschlossen zu seinem Sohn marschierte, mit den Schultern zuckte, einen unsichtbaren, aber wirksamen Hebel drückte und Anlauf nahm. Nur leider reagierte der Karren auf den plötzlichen Stoß mit einem wahren Hechtsprung und fiel auf die Schienen. Ludovic fing seinen Vater im Flug auf, der sich an ihm festkrallte. Nachdem sie eine lächerliche, aber rettende Gigue vollführt hatten, standen sie wieder aufrecht, keuchend und verdattert. Ein helles Lachen weckte sie aus ihrer Erstarrung.

»Mein Gott!«, sagte Fanny Crawley. »Mein Gott, haben Sie mich erschreckt! Sind Sie etwa Ludovic? Unglaublich, Sie sahen früher immer eher aus wie ein Playboy … Sie haben abgenommen, nicht wahr?«

»Er hat gut zehn Kilo verloren, ja«, mischte Henri sich kopfschüttelnd ein.

»Besser, als wenn Sie die zugenommen hätten«, erwiderte sie. »Diese elenden Beruhigungsmittel lassen jeden dick und alt werden. Bei Ihnen ist das Gegenteil der Fall … Wären Sie so freundlich, einen dieser komischen Wagen für mein Gepäck zu holen?«

Unter dem vorwurfvollen Blick seines Vaters und

angesichts der eigenen Gedankenlosigkeit hob Ludovic die Hände zum Himmel, ehe er ans andere Ende des Bahnsteigs davongaloppierte.

»Keine Angst«, sagte Fanny zu Henri Cresson, »das Gepäck, mit dem ich reise, wirkt auf meine Gastgeber immer erschreckend, aber ich öffne meist nur einen Koffer.«

Ludovic war irgendwohin verschwunden, und Henri regte sich auf:

»Wo bleibt er denn nur? Sie müssen ja auch erschöpft sein ... Was für ein Idiot, dieser Junge!«

»Vergessen Sie nicht: Ich bin extra hergekommen, um der ganzen Touraine zu beweisen, dass Ihr Sohn eben kein Idiot ist.«

Da erschien Ludovic triumphierend wieder in ihrem Blickfeld, nur aus der entgegengesetzten Richtung als der erwarteten, und hatte sein Gefährt offensichtlich voll im Griff. Er brachte es vor ihnen zum Stehen und stapelte Taschen, Überseekoffer und Hutschachteln darauf, so gut es ging.

»Ist das viel Gepäck!«, rief er aus.

Henri Cresson erschauerte schon angesichts solch flegelhaften Benehmens, als Ludovic hinzufügte:

»Was für ein Glück! Das bedeutet, dass Sie ein bisschen länger bei uns bleiben werden.«

Und Cresson junior wandte ihr ein so unglaublich junges Gesicht mit so einsamen Augen, nach oben zeigenden Mundwinkeln und einer vollen, großzügigen Unterlippe zu, in dem sich seine ganze Gutherzigkeit zeigte, dass Fanny Crawley sich sagte: Er ist ganz anders und so viel sympathischer als der Schwiegersohn, den ich bisher hatte.

Während sie zusah, wie er ein paar Gepäckstücke ins väterliche Cabrio lud – der Rest würde geliefert werden –, rückte sie einmal mehr ihren Hut zurecht. Henri Cresson hielt ihr die Beifahrertür auf, und sie nahm Platz, wobei sie natürlich ihre Beine zeigte … Henri kam nicht umhin, sie mit dem raschen, begehrlichen Blick des alten Verführers zu streifen.

* * *

Ludovic stieg hinten ein und quetschte sich schräg auf den Rand der Sitzbank, zwischen zwei etwas harte Koffer und eine Hutschachtel, aus der das Seidenpapier hervorquoll.

»Sie fahren ja gar nicht, Ludovic«, sagte Fanny so unerwartet, dass der Fahrer den Motor abwürgte.

Henri Cresson startete den Wagen erneut und antwortete erst nach zweihundert Metern.

»Wissen Sie, Ludovic fährt nicht mehr seit dem Unfall.«

»Aber er saß doch gar nicht am Steuer.«

Fanny klang streng.

»Sie sind die Einzige, die sich daran erinnert«, bemerkte Ludovic mit erstickter Stimme.

Unvermittelt schob er den Kopf zwischen die beiden Vordersitze und legte seine Wange an die Schulter und den Ärmel seiner Schwiegermutter. Selbst Henri Cresson schien für einen Moment gerührt zu sein.

Doch seinen beiden Passagieren wäre es lieber gewesen, er hätte nach vorn geschaut. Denn Henri Cresson hatte Straßen offenbar schon immer als für ihn allein angelegte Rennstrecken betrachtet, wunderte sich daher über jedes Auto, dem er begegnete, und sah die Umgebung eigentlich nur im Rückspiegel. Selbst Fanny, obwohl sie erstaunlich entspannt zu sein schien, begann Ludovic besorgte Blicke zuzuwerfen, der jedoch die Augen gesenkt hielt und sie nicht beachtete, bis er es nicht länger aushielt, den Kopf hob und sie angrinste, wie Kinder in der Schule, wenn sie gleich vor Lachen platzen.

»Mein Gott, lieber Henri, warum rasen Sie denn so?«, fragte die Besucherin. »Die Landschaft ist doch schön. Regelrecht beeindruckend.«

»Ach was …«, sagte der Hausherr, wobei er weiter beschleunigte. »Ach was … Sie werden sehen, das Haus ist noch viel beeindruckender.«

»Ach, was soll's«, sagte sie und schloss die Augen.

Sie legte den Kopf in den Nacken.

Von seinem unbequemen Platz aus betrachtete Ludovic die geschwungene Linie des Halses, das elegante, heitere, milde und schöne Profil, eines jener Profile, wie sie Reisende manchmal in einem vorbeifahrenden Zug erblicken und an die sie dann immer, ihr ganzes Leben lang sehnsuchtsvoll zurückdenken.

»Es sind nur noch drei Kilometer«, sagte da der junge Mann. »Ich hätte Sie gern kennengelernt.«

»Ich hätte Sie gern besser kennengelernt, lieber Schwiegersohn«, antwortete sie lachend. »Ich glaube, ich habe Sie nur drei Mal gesehen: Als Sie mir von Marie-Laure vorgestellt wurden, als Sie beide geheiratet haben und dann an einem dieser entsetzlichen Orte, wo man Sie nach Ihrem Unfall zur Behandlung hingebracht hat.«

»Daran erinnere ich mich genau«, sagte Henri Cresson plötzlich. »Gleich danach sind Sie sogar in Tränen ausgebrochen. Und da Sie nach all den Monaten die Einzige waren, die das tat, hat es mich sehr erschüttert.«

Sie schwiegen.

»Ich erinnere mich«, flüsterte Fanny. Ihre Augen waren noch immer geschlossen, das Gesicht entspannt. »Ich erinnere mich, dass er … dass Sie, Pardon, Ludovic, in einem Pyjama aus weißem Drillich auf einem Gartenstuhl saßen, dass Sie schliefen und man Sie an Handgelenken und Füßen festgebunden hatte, obwohl niemand sanftmütiger aussah als Sie. Und ich gebe zu, ich habe geweint, ja. Nicht so sehr Ihretwegen, übrigens; ich dachte, ich war sicher, Sie würden es schaffen, ja, Sie würden es schaffen. Ich habe wegen all jener geweint, die nicht weinten.«

»Aber … aber Männer weinen nicht«, wandte Henri im Ton kindlicher Verteidigung ein.

* * *

Ein sehr, sehr langes Schweigen trat ein, das bis zur Cressonnade anhielt.

Als sie aus dem Auto stiegen, das Henri mit einem eleganten Schwung vor dem Haus geparkt hatte, wirkte Fanny wieder ruhig und heiter.

5

Fanny hatte kaum Zeit, einen Blick auf die albtraumhaften, von einer der verwitweten Schwägerinnen hinterlassenen mittelalterlichen Türmchen und die Pechnasen an der gegenüberliegenden Seite des Hauses zu erhaschen, da erschien Martin schon auf der Vortreppe, öffnete der Besucherin die Beifahrertür und holte den Berg Gepäckstücke aus dem Kofferraum (wobei er Ludovic, zwischen Hüten eingekeilt, seinem Schicksal überließ). Henri Cresson ging um den Wagen herum und reichte Fanny den Arm, um sie ins Haus zu begleiten, während Philippe, der ihnen strahlend, piekfein, geschniegelt und gestriegelt die fünf Stufen entgegeneilte, wobei er sein ein wenig zu weit aus der Tasche ragendes Einstecktuch glatt strich, verblüfft erstmals zwei Männer in La Cressonnade bemerkte, drei mit Martin, welcher, da er nie an die frische Luft kam, unfassbar, aber unheilbar bleich war. Philippe Lebaille war regelrecht bestürzt von Martins Blässe, seinem kreideweißen Teint, der ihm bis dahin nie aufgefallen war und den er als den eines Häftlings identifiziert hätte, so er welche gekannt hätte.

»Fanny, Madame«, sagte Philippe auf der zehnten Stufe, die die Karawane, bestehend aus Henri Cresson, Ludovic und Martin – die beiden Letzteren brachen unter dem Gepäck schier zusammen –, gerade erreicht hatte. »Fanny, darf ich Sie Fanny nennen? Wir sind uns zwei Mal begegnet, ein Mal bei der Hochzeit Ihrer Tochter und das andere bei Ludovic im Krankenhaus.«

»Wie ich sehe, hast du ein selektives Gedächtnis«, knurrte Henri, »die beiden trostlosesten Momente des Jahrzehnts.«

Während er dies sagte, war der Hausherr abrupt stehen geblieben, was den Trupp im Gänsemarsch hinter ihm ins Wanken brachte. Fanny gelang gerade noch ein anmutiger, wenn auch verzweifelter Sprung auf den Treppenabsatz, doch Ludovic und Martin mussten sich ans Geländer klammern, sodass Fannys kostbares Gepäck durch die Luft flog.

»Meinen Kleidern wird schon nichts passieren«, sagte sie zu Henri. »Ist das Schloss Ludwigs II. von Bayern höher als Ihres? Haben Sie mehr als zweihundertsiebzig Stufen?«

Henri verzog keine Miene, sondern deutete nur galant den rechten Flur hinunter.

»Ihre Tochter wohnt dort«, sagte er. »Ludovic wird Sie hinbringen.«

»Ich fände es höflicher, erst Ihre Frau zu begrüßen.«

»Meine Schwester ist gerade sehr erschöpft, und Sie möchten sicher gern Ihre Tochter sehen, nehme ich an«, schaltete Philippe sich ein. »Es ist ein Stückchen weg … also, ich meine das Zimmer Ihrer Tochter und Ludovics.«

»Das macht nichts«, sagte Ludovic ausweichend. »Hauptsache, Fanny fühlt sich zu Hause.«

Lachend schloss er sich dem Grüppchen an, das zu Marie-Laure wollte. Henri Cresson nahm den linken, ebenfalls endlosen Flur. Ludovic ging voran wie ein Schlossgespenst und blieb vor der letzten Biegung des Korridors stehen.

* * *

Fanny hatte diese Reise, dieses Haus und den Besuch bei ihrer Tochter in Kauf genommen, um zu erfahren, wie sich deren Beziehung entwickelte, und um all das Gute zu verbreiten, was sie über ihren Schwiegersohn dachte, eine etwas absurde Mission, die ihr überhaupt nicht entsprach, aber immerhin Einsicht in Henris zwanghafte Art und Ludovics Fahrigkeit gewährte. Eine Mission, die sie nur als eine unerwartete Pflicht verstehen konnte. Letztendlich wollten diese beiden niemandem mehr gefallen, während Männer doch die meiste Zeit nach nichts anderem trachteten. Diese bourgeoisen und skurrilen Charaktere hatten etwas Überzogenes an sich, etwas so aus der Zeit, der Epoche und der Moral Gefallenes, dass es ihr ein wenig Angst machte. Es waren Großbürger, deren einer ihre Tochter geheiratet hatte und dessen Familie ihn nun wieder rehabilitieren wollte, nachdem sie ihn erst in seine aktuelle Lage, sprich, ins Unglück gebracht hatte. Schon lange war Fanny niemand mehr so eng mit dem Unglück verbunden erschienen wie dieser Junge; es gab offensichtlich zwischen ihm und diesem Haus nichts als Hader und Schweigen. Vielleicht war es schlimmer als in einem Roman von Mauriac oder anderen, in denen lauter Scheusale aufeinandertreffen, denn es gab hier niemand wirklich Abscheuliches, außer ihrer Tochter vielleicht, doch sie zog es vor, nicht darüber nachzudenken.

Nach einigen Biegungen und einer Entfernung wie beim 24-Stunden-Rennen von Le Mans, so schien es Fanny, hielten sie vor einer großen, erst kürzlich in einer Weise gestrichenen Tür, die bei den Cressons vermutlich dem Kolorit der Frischvermählten entsprach. Man würde sie für die Kinder, die Enkel und so weiter neu streichen. Niemand wagte zu klopfen. Verärgert über die Untätigkeit seiner Begleiter, hob Henri den Arm und schlug mit der Faust gegen die Tür.

»Marie-Laure«, rief er in einem Ton, der fröhlich klingen sollte, ihm aber irgendwie bedrohlich geriet. »Marie-Laure, Ihre Mutter ist da!«

Er bekam nur ein ungnädiges Schweigen zur Antwort. Fanny, die neben ihm stand, sah, wie kleine Adern an seinem Kinn und seinen Schläfen anschwollen. Er klopfte wieder, und diesmal hatte sein Ton rein gar nichts Einschmeichelndes mehr:

»Marie-Laure! Herrgott noch mal! Sind Sie tot? Ich sage Ihnen doch, Ihre Mutter ist da!«

Er drehte am Knauf, vergebens: Die Tür war abgeschlossen. Da senkte sich wahre Stille über die Anwesenden, jene Sorte von Stille, die man meint, mit dem Messer schneiden zu können und die alle erstarren ließ. Henri wandte seinem Sohn ein wutverzerrtes Gesicht zu.

»Deine Frau schließt sich jetzt also ein, ja? Und wie stellst du es an, abends reinzukommen? Bettelst du vor der Tür?«

Ludovic, aschfahl, blieb seltsam standhaft in seinem Schweigen und seiner Abwesenheit jeglichen erkennbaren Zorns. Fanny trat zwischen sie und rief nun ihrerseits:

»Liebling … Ich bin es, deine Mutter … Du hast geschlafen, nehme ich an. Ich erwarte dich in einer halben Stunde in meinem Zimmer. So bleibt mir noch Zeit, zu duschen. Bis gleich, mein Liebling.«

Und nach einer kleinen zärtlichen Geste in Richtung Tür, die ebenso vergeblich war wie die vorherige, wandte sie sich entschlossen um, hakte mit einem Arm den noch immer knallroten Henri Cresson unter, mit dem anderen ihren noch immer kreideweißen Schwiegersohn und ging den Weg, den sie gekommen waren, wieder zurück.

»Ich verstehe das nicht …«, murmelte Henri, wobei er Ludovic zornige und herrische Blicke zuwarf.

Philippe, der bei Stimmungsumschwüngen dieser Art sein Einstecktuch tiefer in die Tasche schob, wie um es in Sicherheit zu bringen, folgte ihnen mit leicht eingezogenem Kopf, wodurch er unbewusst die doch sehr eigene Haltung von Groucho Marx annahm.

»Hier ist Ihr Zimmer, liebe Fanny, das für die hochrangigen Gäste. Wenn es Ihnen nicht gefällt, stehen Ihnen drei weitere zur Verfügung. Von heute an haben Sie hier das Kommando, vergessen Sie das nicht.«

»Ich hatte noch nie den geringsten Sinn für Autorität«, erwiderte sie lächelnd, »und dieses Zimmer ist zauberhaft.«

* * *

Der Raum war mit einer etwas verblichenen Tapete ausgekleidet, einer Mischung aus Rosen und Flieder, deren Farben nicht mehr zu unterscheiden waren. Hohe Fenster sahen auf die Terrasse hinaus. Ein Platanenzweig streichelte die Scheiben; als Fanny das Fenster öffnete, berührte ein Blatt sanft ihre Wange, wie zur Begrüßung. Sie lächelte dieser Terrasse zu, diesem Blatt, dieser Stille dort draußen, die sie vielleicht zum ersten Mal genoss. Fanny lächelte und wandte sich nicht um, teilte ihre Freude nicht mit jenem Schatten, dem Schatten, der doch immer hinter ihr war.

Denn es gibt so viele Stufen der Trauer. Angefangen bei ihrer alltäglichen Grausamkeit und Banalität, der du erst wie betäubt gegenüberstehst und später wach und all der Gleichgültigkeit der engsten Verwandten wie der entferntesten Bekannten ausgesetzt, in diesem Fall »Diskretion« genannt. Bis hin zu all dem, was dich verstört, ja beinahe verstimmt, dich aber Stück für Stück wieder ins Leben zurückbringt und was nicht zur Trauer gehört: der Ablauf und Wechsel der Tage, die Augenblicke, die jetzt ohne ihn, ohne sie aufeinanderfolgen, ohne euch beide. Und es ist nicht die Gewissheit einer anderen Person, einer anderen Geschichte, eines anderen Glücks, die dich am Leben erhält, sondern vielleicht einfach nur der »standhafte Wille, fortzubestehen«, von dem Éluard spricht und der mit dir zur Welt kommt, zwischen den Beinen deiner Mutter und dich im Dasein hält. In diesem Moment ist es die Trauer um dich selbst, die du ertragen musst, eine Verachtung ohne Erinnerung, nicht mal mehr an die glücklichen Tage. Es ist diese fortwährende, tiefe Verachtung deiner selbst, diese Leidensmaschine, die nachts unter den Laken zum winselnden Tier wird und tags zum verschlossenen Gesicht, das die Tränen zurückhält. Du widerstehst, du kämpfst, und die Melancholie hilft dir, wie eine Fassade und eine Selbstverständlichkeit. Eine Art Ehrfurcht umgibt den Trauerkloß, der man geworden ist, sie lässt dich für andere respektabel, ja manchmal sogar verführerisch werden. Doch wenn dieser andere sich genug für dich interessiert, für deinen Kummer, deine Zurückweisung, wenn ebendiese Zurückweisung ihn nicht zu sehr demütigt, wenn dieser andere weiß, dass ein geschlagenes Herz immer noch ein schlagendes Herz ist, dann kann sich alles wieder in ein Fenster verwandeln, das sich an einem schönen Herbstnachmittag auf eine Terrasse öffnet. Dann ist das erste Blatt auf deiner Wange keine Ohrfeige aus der Vergangenheit, sondern ein unvorstellbares, mit einem Mal unanfechtbares, unbegreifliches Glück, ein Glück, ganz gleich, wie man es nennt.

Während sie ihre vier Blusen, zwei Schals und ausnahmslos perfekt geschnittenen Kleider in die Möbel des antiquierten und charmanten Zimmers räumte – zu dem ein Bad mit einer großen, altmodischen Wanne gehörte –, genoss Fanny jeden Moment dieser Ruhe, die allein vom Knarzen ihrer Schritte auf dem Parkett unterbrochen wurde.

* * *

Zehn Minuten später klopfte Marie-Laure an die Tür und trat ein, während Fanny gerade ihre Kleiderbügel auf die Stange hängte und ihr daher den Rücken zuwandte. So sah die Mutter ihre Tochter, die fünf Zentimeter kleiner war als sie, ein Umstand, den Letztere nie ertragen hatte, von Kopf bis Fuß im Spiegel.

Sie trug ein hinreißendes blasslila Leinenkleid und am Hals ein sehr hübsches Schmuckstück aus etwas dunklerem Malachit, der ihre Augenfarbe hervorhob. Ihre geflochtenen Strohsandalen ließen sie eher wie ein junges Mädchen als wie eine Frau wirken. Für einen kurzen Moment hatte Fanny den Eindruck, sie wären zu dritt dort im Spiegel, ein Gefühl, das sie schon seit jeher verfolgte und das einen Mangel an Aufrichtigkeit und Menschlichkeit in jeder eingefahrenen Beziehung offenbaren kann.

Unvermittelt drehte Fanny sich um und betrachtete ihre Tochter mit der Wehmut einer nie gekannten Kindheit. Nach diesen drei Sekunden, die all ihren Begegnungen und Auftritten vorausgingen, schloss Marie-Laure die Tür hinter sich und machte ein paar Schritte auf ihre Mutter zu. Fanny ließ eine Hand auf der Reihe der Kleiderbügel ruhen und küsste ihre Tochter flüchtig auf die Schläfe, ehe sie zurücktrat.

»Mutter, entschuldigen Sie bitte, ich war mit einem Mal so müde … Obwohl ich Sie so gern am Gleis empfangen wollte, bin ich auf mein Bett gesunken … Und dann wurde ich auch noch von der Gestapo geweckt!«

»Dein Schwiegervater ist ein bisschen stürmisch, aber dein Ehemann hat sich tadellos verhalten«, sagte Fanny mit Nachdruck. »Seit wann verriegelst du deine Türen? Noch dazu, wo du hinreißend aussiehst, Liebling.«

»Das ist ein Wunder«, erwiderte Marie-Laure gedehnt. »Wie lange bin ich jetzt hier? Wann wurde Ludovic für geheilt und lebenstauglich erklärt?«

Zur Überraschung ihrer Mutter begann sie zu lachen.

»Stell dir nur vor, nach drei Jahren Untersuchungen und Prognosen gibt es nicht mal ein endgültiges Ergebnis …«

Fanny setzte sich auf das große Bett.

»Was machst du dann hier? Liebst du ihn oder nicht? Sag mir nicht, du opferst dich … Lass dich scheiden, wenn du glaubst, er sei verrückt. Ihr bewohnt dasselbe Zimmer. Was willst du eigentlich?«

»Ich bin keine Frau mehr, Maman. Auch meine Langmut hat ihre Grenzen. Und es gibt Dinge, die ich nicht sagen kann, nicht mal meiner Mutter.«

Vor allem deiner Mutter nicht, dachte Fanny ohne Zögern oder Bedauern, so lange hatte sie Marie-Laure und ihre eigenen mütterlichen Gefühle schon aufgegeben. Sie erhob sich, trat ans Fenster, entfloh so dem Bett, den tapezierten Wänden, der Tür, all den Symbolen eines gemeinsamen Lebens. Dabei hegten Mutter und Tochter durchaus eine gewisse Faszination füreinander: Fanny für Marie-Laures fehlende Herzlichkeit, wie bei jemandem, der anders, der von Geburt an kastriert ist; Marie-Laure für Fannys Herzlichkeit, ihr Einfühlungsvermögen und ihre Güte, lauter Eigenschaften, dachte sie, die man erlernen konnte, wenn man sich Mühe gab, wie Politikwissenschaften, und die, wie bestimmte Studiengänge, sehr beliebt und für eine Karriere vollkommen nutzlos waren, doch sie hatte weder je Zeit dafür noch Lust dazu gehabt.

»Was für eine hübsche Terrasse«, sagte Fanny mechanisch, als sie sich aus dem Fenster lehnte.

Marie-Laure trat vorsichtig zu ihr, atmete die Abendluft ein und den Duft ihrer Mutter, der unvermittelt aus einer ungeliebten Kindheit auftauchte und doch, während er die Gleichgültigkeit gegenüber ihrem ganzen Leben unterstrich, in ihr eine Spur Melancholie hinterließ. Selbst Quentin Crawley war zu sehr Mann und vielleicht zu ängstlich gewesen, um sich in die parfümierten und grausamen Zurückweisungen bestimmter weiblicher Jugendjahre einzumischen. Was wird aus meiner Mutter?, dachte Marie-Laure, mit ihrer Arbeit als heilige Madonna der Mode? Keine Zukunft. Keine Liebschaft! Auch wenn dieses letzte Wort für Marie-Laure nicht mal etwas mit Liebe oder Verführung zu tun hatte.

Was wird aus ihr, in diesem so wenig verwundbaren Alter?, überlegte Fanny ihrerseits und fühlte sich einen Moment lang verantwortlich für diese Frau, die dafür gemacht war, Erfolg zu haben und sich zu bereichern, ohne einen Finger zu rühren.

Eine fröhliche Stimme rief nach ihnen und riss sie aus ihren Gedanken. Es war Ludovic, der auf der Terrasse ungeduldig von einem Fuß auf den andern trat.

***

Ludovic hatte an diesem Tag keine Verabredung. »Kümmer dich ein bisschen ums Haus«, hatte sein Vater ihm zugeraunt. Henri hatte die Ankunft einer traurigen, verwitweten alten Jungfer gefürchtet, alles andere als eine Personifizierung des »heiteren Paris«, denn er hatte noch die verfluchte Hochzeit im Kopf. Doch das war ohne Hilfe des Gedächtnisses noch des

Begehrens gewesen, ein flaches Bild: Ludovic an der Seite einer Witwe, der er die verschiedenen Blickwinkel der Terrasse zeigte, während Marie-Laure hinter ihnen herschlurfte. Seit Fanny nun da war, war alles anders, und er stellte sie sich lachend im Schatten der großen Allee vor, während sein Sohn ihr einen Arm um die Schulter legte. Vielleicht würde er sie in einer Woche so antreffen, ohne jede Spur von Marie-Laure, ein Gedanke, der ihn rasend machte. Fanny Crawley mit seinem Sohn, in seinem Park oder in seinem Salon, das war ein suggestives Bild, wie sie das Verlangen heraufbeschwört und die Eifersucht verstärkt, auch ohne jegliche reale Grundlage.

Henri Cresson schrieb also die Partitur der Hintergrundmusik für den September. Manchmal sind es die Gegenspieler, die bei den Menschen ihrer Umgebung die heftigsten Leidenschaften auslösen und dann unfreiwillig in unbezwingbare Strudel geraten. Henri Cresson, der auf tausenderlei Weise hart, besitzergreifend und unbarmherzig war, hatte nie unter seinen eigenen Gefühlen leiden müssen, vom Kummer über den Tod seiner ersten Frau und die Lücke, die sie hinterlassen hatte, einmal abgesehen. Jetzt plötzlich war er eifersüchtig, ohne es sich einzugestehen und ohne etwas dagegen tun zu können.

Seit Fannys Ankunft fiel selbstverständlich Ludovic die Rolle zu, ihr zu helfen. Schließlich war es die Proklamation seiner geistigen Gesundheit, die dieses Fest rechtfertigte, und seine natürliche Gedankenlosigkeit, der die angekündigten irrsinnigen Ausgaben geschuldet waren: Häppchen und warme Gerichte, mehrere Gänge, Pyramiden aus cremegefüllten Windbeuteln, dazu die geharkten Alleen, der frisch aufpolierte Park und nicht zu vergessen das quasi verzehnfachte (laut Martin diebische und ungeschickte) Aushilfspersonal. All das würde Fannys Verdienst, ihr Preis und letztendlich auch ihre Aufgabe sein. Ludovic musste seiner Schwiegermutter daher die echte Kulisse zeigen, die verschiedenen Salons, wo sie einen Empfang ausrichten sollte, der dazu gedacht war, ein paar reiche Leute zu rehabilitieren, die ihr von vornherein unsympathisch waren. Die Herausforderung war gewaltig, für Ludovic, der dank seiner vollkommenen Unbefangenheit und seines vollkommenen gesellschaftlichen Desinteresses über oder jedenfalls neben diesen Dingen stand, jedoch weniger schwierig als für Fanny, die nicht nur solche »Zusammenkünfte« verabscheute, sondern sich obendrein außerstande sah, in diesen Räumlichkeiten einen auch nur ansatzweise stilvollen Rahmen zu schaffen. Ihre Aufgabe war daher ebenso verrückt wie ihr Beweggrund. Wie um alles in der Welt kam sie dazu, ohne den Mann, den sie liebte, mit einer Tochter, die sie nicht liebte, die wundersame Heilung eines jungen Unbekannten oder so gut wie Unbekannten beweisen zu wollen, den sie dieses Jahr zwar sympathischer, aber nach wie vor seltsam fand? Es hatte in ihrem Leben ein oder zwei leichte, stimmige Phasen gegeben, in denen alles passte, wenigstens in dem Sinne, wie jeder es sich wünschte, erhoffte, erwartete, und die auf dem Gefühl fußten oder den Gefühlen, jedenfalls dem Streben danach, die Paare, Menschen, Liebende, Eltern verbanden. Hier aber gab es nichts. Nur Kurzsichtige, die sich nicht eingestehen konnten, welche Monster sie vortäuschten, nicht mehr zu sein.

Wenn es Menschen gab, die anderen mit Klugheit begegneten, Menschen, die sich zu Mitgefühl verpflichtet und zu Blindheit berechtigt fühlten, so zeigten sie zumindest – ansatzweise – eine Seele in ihrem Dasein. Die Arroganz, Teilnahmslosigkeit und latente Aggressivität, die üblicherweise der Dummheit geschuldet sind, rührten in La Cressonnade vor allem vom absoluten Desinteresse für alles und jeden her. Die Fröhlichkeit, die sie am Bahnhof und auf der Fahrt hierher empfunden hatte, war verpufft. Da war nur noch dieses große, protzige Haus voller Treppen, Pechnasen und gleichgültiger Leute. Fanny hatte Reiche, Snobs, Kunden ihres Modeschöpfers getroffen und manche mehr, manche weniger geschätzt, aber noch nie war sie Menschen begegnet, die ihr so fremd waren. Was hier herrschte, war nicht das Geld, es war weder Ehrgeiz noch Machtgier, nichts von dem, was sie bisher kennengelernt hatte, sondern eine Art bewusste, von einer ganzen Familie ausgeübte Kommunikationsunfähigkeit, die ihr kalte Schauer über den Rücken jagte. Es gab nie, das spürte sie, ein echtes Gespräch zwischen Marie-Laure und ihrer Schwiegermutter, zwischen Frau und Ehemann, zwischen Vater und Sohn. Jeder hütete seinen Besitz, seine Hierarchie, und niemand war wirklich, nicht mal einen Hauch, am anderen interessiert. All das lag in der Luft, zwischen den ländlichen Brisen, die es nur manchmal zu zerstreuen vermochten.

6

Fanny hatte entschieden, dass am Abend des großen Empfangs schönes Wetter sein würde. Denn allein die Vorstellung, zweihundert wildfremde Leute würden zwischen den marokkanischen Poufs und den marmornen Ausrufezeichen der Salons herumstolpern, löste bei ihr sofort einen Fluchtreflex aus. Da sie aber zu den Menschen gehörte, die gern alles auf eine Karte setzen und dazu auch stehen, dachte sie, wenn es an jenem Abend wirklich in Strömen gießen sollte, würde sie eben mit den bedröppelten Gästen im Innern des Hauses bleiben und zusehen, wie die von ihr geplanten Stoffsegel, die Buffets, die gedeckten Tische auf der Terrasse langsam baden gingen. Dass die Venus von Milo hinter ihnen dann in die gleiche Richtung schauen würde, über die Köpfe der durchnässten Nachzügler hinweg, nun, das war zu verkraften. Wer könnte im Fall eines Unwetters und vor einer solchen Kulisse noch behaupten, Ludovic Cresson sei verrückter als andere? Wie auch immer also das Wetter sich zeigte, der Auftrag wäre erfüllt, für Fanny allerdings ein schwacher Trost, die Katastrophenfilme ebenso langweilten wie die Kapriolen wenn auch noch so berühmter Dekorateure.

* * *

»Sie haben selbstverständlich freie Hand«, hatte Henri noch am Abend ihrer Ankunft erklärt. An Martins erstaunter Reaktion wie auch am plötzlich einsetzenden Schweigen der Anwesenden hatte Fanny erkannt, dass so ein Satz im Hause Cresson ziemlich unüblich war, jedenfalls für den Hausherrn, der, um die Eleganz seiner Worte zu unterstreichen, ihr dabei sein weltmännisches Lächeln schenkte, ein Lächeln, das etwas Vulgäres hatte. Auch ohne dieses Lächeln hätte er vulgär sein können, allein durch seine bullige Erscheinung, seine Auffassung von menschlichen Beziehungen wie von seiner eigenen Wichtigkeit. Doch seltsamerweise zeigte sich seine Vulgarität erst, wenn er sie unbewusst zu verbergen suchte.

In der öffentlichen Meinung von Tours, in der sich Ereignisse von La Cressonnade meist echogleich niederschlugen, hatte die »freie Hand« für einiges Aufsehen gesorgt, auf jeden Fall bei den Geschäftsleuten. Das zweite Ereignis (das im Übrigen jeden Zweifel an seiner geistigen Gesundheit ausräumen musste) war die handgeschriebene, auf einer Schulheftseite verfasste Nachricht von Ludovic, in der er Madame Hamel für die kommende Woche zu einem Treffen in ein Chalet im Wald einlud. Zunächst hatte es ihr die Sprache verschlagen, dann war sie geschmeichelt, schließlich wütend. Was bildete der sich ein! Sie hatte ihr Haus, ihre Mädchen! Sie würde sich doch nicht mit dem schwachsinnigen Sohn eines früheren Kunden in einer Hütte im Wald amüsieren! Allein der Gedanke, dass sie über die schönsten Mädchen der Touraine verfügte und dieser kleine Lustmolch ihnen eine Frau vorzog (sie selbst), die die sechzig bereits überschritten hatte! … Aber solche Racine'schen Bedenken wichen am Ende der Neugier.

So saßen denn am Samstagnachmittag um drei Uhr Ludovic und Madame Hamel in jenem Liebespavillon einander gegenüber, er in Cordsamt, sie in einem schwarzen Kostüm mit Gipüre-Spitze und Kordelschnürungen, eine praktisch uneinnehmbare Festung. Am Ende eines Gesprächs, das in seiner Gänze kaum wiedergegeben werden kann, stellte sich heraus, dass Ludovic in reinster Absicht gekommen war, aber dass er auch wusste, welchen Dank er der Dame des Hauses schuldete: Durch ihre Vermittlung habe er die Freuden der Liebe wiederentdeckt, was ihn aus einer langen Melancholie erlöst habe. Mit Worten der Entschuldigung für die Botenrolle, die er ihr übertrug, übergab er Madame Hamel einen Umschlag mit einer mehr als angemessenen Summe, die, was sie nicht wissen konnte, aus dem Verkauf von vier seiner Uhren stammte, darunter seiner goldenen Kommunionsuhr. Dann brachte er sie zu ihrem Taxi zurück, sie drückte ihn an ihr Herz, mit feuchten Augen.

Seltsamerweise erzählte sie niemandem von dieser Begegnung, die sie im Vorfeld gleichwohl ausgiebig kommentiert hatte, und gab so Anlass zu den zärtlichsten Vermutungen. Sie pflegte danach nur hin und wieder zu erklären: »Ludovic mag verrückt sein, aber er ist ein Gentleman.« Ludovic seinerseits, der sich ein wenig wie ein Casanova fühlte, fuhr beschwingt nach La Cressonnade zurück. Dort erwartete ihn keine schweigende, kaltherzige Familie und keine feindselige Gemahlin, sondern Fanny, diese schöne und kluge Frau, die mit ihm wie mit einem Mann sprach.

7

Als Ludovic um halb fünf an jenem Samstag von seiner Verabredung mit Madame Hamel im Waldpavillon zurückkehrte, hielt er auf dem Vorplatz inne. Henris Wagen stand nicht mehr da. Eine Stille und eine Einsamkeit lagen über diesem Nachmittag und über dem Haus, dass er selbst für einen Moment erstarrte. Ein paar musikalische Klänge ließen ihn weiterlaufen. Sie kamen aus dem ehemaligen Büro neben dem Salon und aus einem alten Bernstein, der einsam in diesem Kabinett stand, das offiziell den Rauchern, den Künstlern und geistvollen Gesprächen aller Art vorbehalten war, das heißt, es war seit zwanzig Jahren leer und verlassen. Eigentlich seit seiner Geburt, denn er hatte den Flügel nie geöffnet gesehen noch jemals einen einzigen Ton aus ihm vernommen. Das amüsierte ihn, bis plötzlich ein Motiv, eine ganze melodische Phrase erklang und ihm das Herz ergriff. Endlich einmal, dachte er. Er kam, seltsamerweise atemlos, am Haus an, vor dem Fenster, aus dem dieser Honig und dieses Gift flossen, und sah Fannys Profil, entrückt, ja unerreichbar, so schien es ihm für einen Augenblick. Und als sie das Thema wieder aufnahm, wieder und wieder, überkam ihn ein Gefühl tiefer Verzweiflung: Er hatte ja nichts gekannt, nichts gehabt, er war immer beraubt, betrogen worden um alles, um alles, was in dieser Musik steckte, was vermutlich in der Luft ringsum schwebte, was auch durch Paris schwang, wenn er dort nichts anderes als seine Nicht-Existenz mit sich herumschleppte, er, der nie verstanden hatte, zu sehen oder zu besitzen. Er lehnte sich kurz mit geschlossenen Augen an die Hauswand und musste die Tränen zurückhalten. Tränen, wie unpassend bei einem Erwachsenen, dachte er.

Während er sich mit dem Ärmel über das Gesicht wischte, fragte er sich zum ersten Mal seit Langem, was ihm, Ludovic, da geschah. Ludovic Cresson hatte diese endlosen Monate, in denen man alle möglichen Medikamente an ihm ausprobierte, heil überstanden, weil er sich nicht im Geringsten für sich interessierte, weil er weder Achtung noch im Übrigen Verachtung sich selbst gegenüber empfand. Ein Mensch ohne alle Pflichten, ausgenommen jene zweifelhaften sentimentalen Verpflichtungen, die er sich mitunter ausdachte, glaubte er auch keinerlei Recht zu haben, da er nie ein anderes gehabt hatte, als großmütig und mit lockerer Hand das Geld seines Vaters auszugeben. Er war ein sorgloser Mann von gleichbleibendem Naturell, ohne irgendeine Ahnung, was Glück bedeutete, der aus seinem gewohnten, leichten Leben herausgerissen worden war, ein verwirrter Mann, der sich nach Jahren der Verzweiflung, die über ihn hinweggegangen waren, mit seiner Einsamkeit abgefunden hatte. Da er seit der Kindheit auch niemals Zärtlichkeit erfahren hatte, hatte er sich schon behindert gefühlt, lange bevor er es offiziell wurde.

* * *

Die Musik schwieg, das Fenster ging auf.

»Ludovic? Was machen Sie da? Ich dachte, Sie wären … ich weiß nicht … beim Tennisspielen«, stammelte Fanny.

Sie hatte, über Philippe natürlich, von den nachmittäglichen Eskapaden des Jungen gehört, seiner speziellen Art, Druck abzulassen. Sie hatte nur zerstreut und sogar ein wenig widerstrebend zugehört. Aber den jungen Mann da völlig aufgelöst vor sich zu sehen, eher aus einer Hölle kommend als von einem lustvollen Vergnügen, machte sie dann doch stutzig.

»Sie sind ja ganz blass«, sagte sie. »Kommen Sie doch rein, gleich durchs Fenster.«

Was er auch tat, allerdings so langsam, dass sie ihn regelrecht auf die dreisitzige Klavierbank zog, bevor sie sich selbst wieder setzte. Neugierig betrachtete sie ihn – Ludovics Gleichmut schien ihr unveränderlich, nur seine leicht gebräunte Haut war plötzlich fast durchsichtig geworden und sein zerstreuter Blick heute irgendwie glühend –, während ihre rechte Hand über die Tasten glitt und hin und wieder das melodische Thema noch einmal anstimmte.

»Aber was haben Sie denn?«

»Ich habe dieses Klavier seit meiner Kindheit nie geöffnet gesehen …«, sagte er.

Und eine vage Handbewegung deutete an, wie verzaubert er war.

»Es wurde nie geöffnet? Unglaublich! Es ist ein guter Bernstein, lange nicht mehr gespielt, aber der Klang ist ausgezeichnet. Ich hatte Martin gebeten, einen Klavierstimmer kommen zu lassen. Der ist heute früh da gewesen, hat sich aber sehr schweigsam gezeigt. Dabei sind die Wände hier so dick. Mein Gott, wie hässlich das alles ist«, fügte sie unwillkürlich hinzu, obwohl sie es sich bisher verboten hatte, auch nur die geringste Bemerkung über die Ausstattung des Hauses fallen zu lassen.

»Was ist das? Diese Melodie geht einem sofort zu Herzen.« (Er wurde rot.) »Ich habe von Musik keine Ahnung, wissen Sie, wirklich nicht die leiseste Ahnung. In einer der Kliniken habe ich mir ein tolles Kofferradio kaufen können, mit kleinen Kopfhörern, damit ich meine Ruhe hatte. Wahnsinn, was ich da alles hören konnte«, erzählte er, ohne den geringsten Unmut darüber zu zeigen, dass die Musik aus dem Radio ihm zum Beispiel aufgezwungen worden war.

Er hätte ja auch sagen können: »Ich habe mich schrecklich gelangweilt, als mich diese Scheißärzte, weil ich sie nach ihrer Diagnose fragte, in die geschlossene Abteilung sperrten und dort beließen, mit der Begründung, ich sei unheilbar schwachsinnig und folglich eine permanente Gefahr. Und da war niemand, der mich verteidigt oder beschützt oder da rausgeholt hätte: weder mein eigener Vater noch meine Frau. Man hat mir alles genommen, nicht zuletzt mein Selbstbewusstsein. Seitdem werde ich ständig gedemütigt. Und ich muss zu Nutten gehen, um meiner Einsamkeit hin und wieder zu entkommen.«

Fanny wandte den Blick ab und nahm ihr Geklimper wieder auf.

»Es ist Schumann«, erklärte sie mit unsicherer Stimme. »Ein Quartett, glaube ich. Sehr, sehr schön, das ist wahr. Und es greift einem ans Herz, da haben Sie recht. Aber ich kann nicht spielen, ich kann es nicht wirklich gut, verstehen Sie … Es gibt Menschen, die ich sehr liebe …«

Sie saßen zwischen Fenster und Klavier. Eine launische, ironische Sonne strich über Ludovics glänzende Haare und die geweiteten Augen von Fanny, die sich an ihre rechte Hand klammerte und an diese köstliche und zugleich so schmerzliche Süße der Schumann'schen Komposition.

»Ich höre diese Musik hier und heute zum ersten Mal«, sagte Ludovic plötzlich. »Was nicht erstaunlich ist, denn ich entdecke gerade auch zum ersten Mal, dass ich jemanden lieben kann … Sie sind es, die ich liebe«, erklärte er fest entschlossen. »Ich will ab jetzt nicht mehr ohne Sie leben.«

»Aber, aber … das meinen Sie nicht im Ernst …«, stammelte Fanny und lachte krampfhaft. Bei dem Versuch, ein wenig von ihm abzurücken, warf sie den Kopf in den Nacken, woraufhin Ludovic ihr Gesicht mit seinem Mund suchte. Mit beiden Händen auf die Bank gestützt, berührte er sie nur mit seinen Lippen, die über ihre Wange, ihre Stirn, ihren Hals glitten, ehrfürchtig, aber auch unwiderstehlich, mit einer leidenschaftlichen Sanftheit, die sie aufstöhnen ließ. Und immer wieder dieses »Ich liebe Sie, ich liebe Sie«, mit einer Stimme, die von Mal zu Mal selbstsicherer wurde. Nichts erlaubte Fanny, ihn zurückzustoßen, er hielt sie nicht fest, berührte sie nicht einmal, nur ihr Gesicht, es war die natürlichste Sache der Welt, sie empfand eine verzauberte Ruhe und spürte das unruhige Pochen ihres Herzens.

* * *

Sie merkten nicht, wie es Abend wurde. Ludovic sagte irgendwelche leidenschaftlichen Dinge, und die Ergriffenheit, die Dankbarkeit, ja selbst das Besitzverlangen in seinen Worten mehrten in Fannys Augen seinen Reiz, es sprachen Männlichkeit und Willenskraft daraus; sie ließ sich mitreißen von der Faszination, die Liebe und Lust hervorbringen, wenn sie sich zufällig einmal begegnen.

Die Situation war so irrwitzig für Fanny und erschien ihr andererseits so natürlich, dass sie lachen musste und Ludovic ihr Lachen gleichzeitig zu erklären versuchte, woraufhin er zunächst erstaunt, dann aber schnell wieder gewonnen und erobert war, was vermutlich bei jeder Reaktion, die sie gezeigt hätte, der Fall gewesen wäre. Neben ihm auf der Seite liegend, sah sie nun, wie groß dieser Mann war, wie zart seine Haut, wie breit seine Schultern, sie spürte seine Kraft und auch sein Selbstbewusstsein. Sie dachte weder an sein Alter noch an ihres, sah darin keinesfalls einen Hinderungsgrund, es war eine Tatsache ohne Bedeutung, wie etwa ihre unterschiedlichen Haarfarben. Jedes Detail ihres Körpers, selbst ihre kleinen Schönheitsfehler entzückten ihn wie eine Entdeckung oder ein Geschenk. Und dieser Blick, der so offenkundig, so unverschämt auf ihr ruhte, bereitete ihr kein Unbehagen, sie hatte weder Missbilligung noch schüchterne Zurückhaltung zu befürchten.

Auch die Tür schien ihr nichts anhaben zu können, die in fünf Meter Entfernung zu den Salons und damit zum wahrscheinlichen Skandal führte.

* * *

Bei Tisch saßen sie mit friedvollen, ein wenig wässrigen Mienen und absolvierten das Abendessen so gelassen und freundlich, dass Philippe sofort alarmiert war. Wenn er auch von der Liebe nicht viel verstand, so erkannte er doch die Zeichen der Lust.

Henri Cresson trug einen Verband an der rechten Hand, die er sich ständig an sämtlichen Pfefferstreuern stieß, worauf er halblaut fluchte, denn der Anstand verbot ihm gewisse Ausdrücke in Gegenwart dreier Damen: der Eingeladenen, seiner Schwiegertochter und der gottesfürchtigen Sandra.

»Ein Arbeitsunfall wegen dieses Trottels von Importeur aus Tokio, der unbedingt unsere neue Aushülsmaschine sehen wollte, ein technologisches Wunder, das uns immerhin zweihunderttausend Dollar gekostet hat!«, sagte er und schwenkte bedrohlich ein Messer in Richtung Philippe und Ludovic, die die Augen aufrissen. »Während ich ihm diese … verdammte Maschine zeigte, bin ich ein bisschen zu nah an die Klinge geraten … na ja, egal … jedenfalls hat sie mein Handgelenk gestreift.«

Und er streckte seinen Verband über den Tisch.

»Wie grauenhaft!«, sagte Fanny. »Das hätte auch schlimmer ausgehen können, nicht wahr?«

»Oh, ja«, meinte Henri gerührt und entblößte seine Zähne zum Zeichen seines Schmerzes.

»Sie sollten auf sich aufpassen, Vater«, meinte Marie-Laure, ebenso gleichgültig wie Sandra. »Aber was hat dieser Japaner denn in der tiefsten Touraine verloren?«

»Stimmt«, sagte Fanny, »so weit von Tokio entfernt. Sie hätten ihn zum Abendessen einladen sollen.«

»Es waren sieben Vertreter der IAOPU! Das sind die größten Importeure von Saatgut in Japan und ganz Asien.«

»Sieben!«, rief Ludovic, auf einmal hellwach. »Alle Achtung. Es scheint, zwischen diesen sieben Herren und dem leidigen Fest, das uns bevorsteht, werden wir hier noch richtig mondän!«

Und er brach in ein so entspanntes Lachen aus, dass es den Tischgästen die Sprache verschlug. Henri fasste sich als Erster und fand zu seiner schlechten Laune zurück, umso mehr, als auch Fanny lachte.

»Ich weise dich darauf hin, mein Junge, dass wir dieses ›leidige‹ Fest für dich veranstalten. Um unserem Bekanntenkreis zu beweisen, dass du nicht total bekloppt aus deinen Krankenhäusern zurückgekehrt bist! Obwohl ich mir da auch nicht so ganz sicher bin.«

»Darüber lässt sich streiten«, erwiderte Ludovic mit gleichbleibender Heiterkeit.

»Und ich weise dich außerdem darauf hin, dass ich, während du mit den Krankenschwestern geflirtet hast, gearbeitet habe, jawohl!«

Es gab ein längeres Schweigen, man hielt die Augen gesenkt, worauf Henri, ein wenig verlegen, in wehleidigem Ton fortfuhr:

»Ich bin ja hier übrigens der Einzige, der arbeitet. Und Sie natürlich, teure Freundin«, wobei er Fannys Hand ergriff und sie küsste.

Ludovics Lachen wurde geradezu hemmungslos.

»Ach, wissen Sie, Vater, bei den Krankenschwestern hatte ich kein Glück. So gesunde, kräftige, energische Frauen«, fügte er hinzu und sah zu Fanny hinüber mit einem wahren Pennälerlachen, einem frechen, leichtsinnigen Lachen, das sein Publikum suchte.

»Aber du hast es doch inzwischen nachgeholt, oder?«, sagte daraufhin Marie-Laure. »Mit den jungen Mitarbeiterinnen von Madame Hamel? Zumindest nach dem zu schließen, was man mir zugetragen hat.«

Sie zischt wirklich wie eine kleine Schlange, dachte

Fanny, der sich der Kopf drehte. Sie stand auf und warf wütend in die Runde:

»Ich finde dieses Gespräch unerträglich. Jedenfalls will ich es nicht mehr hören. Sie werden mich entschuldigen …«

Und damit verließ sie den Raum.

Philippe erhob sich höflich, Ludovic hörte auf zu lachen, und Henri Cresson war etwas verwirrt. Diese Momente seltsamen Einverständnisses zwischen Fanny und Ludovic, diese Art Komplizenschaft, dann Fannys plötzliche gereizte Reaktion – Philippes Verdacht verstärkte sich. Aber vielleicht ahnte auch Marie-Laure etwas, denn sie stand gleichfalls auf und folgte ihrer Mutter, das erste Mal, dass man sie ein Gefühl von Familiensolidarität bekunden sah.

Die drei Männer blieben allein. Henri murmelte ein paar unverständliche Sätze, vermutlich Entschuldigungen. Dann stand er auf, nuschelte ein »Gute Nacht«, das eher an ein grimmiges »Ab ins Bett!« erinnerte, und die beiden Männer saßen einander nun allein gegenüber, Ludovic starrte auf den Boden, und Philippe starrte ihn an.

»Was meinen Sie, wird es morgen schön werden?«, fragte er. »Und am Abend des großen Empfangs, wird da wohl schönes Wetter sein?«

»Ich habe keine Ahnung. Niemand im Übrigen.«

»Ihre bezaubernde Schwiegermutter jedenfalls scheint fest damit zu rechnen. Sie ist ja wirklich optimistisch. Und so liebenswürdig für ihr Alter …«

»Ich weiß nicht, wie alt sie ist«, erwiderte Ludovic und musste unwillkürlich wieder lächeln, was seinen Stiefonkel leicht verstimmte.

Philippe selbst hatte überhaupt keine Beziehung zu Fanny, und obwohl sie ausgesucht höflich zu ihm war, sah er sehr wohl, dass sie ihn wie ein Foto betrachtete, wie eine für immer in einer Pose erstarrte Person, und als solche fühlte er sich in manchen Augenblicken ja selbst.

8

Als Fanny Ludovic wiedersah, erschien er ihr nicht mehr wie eine seltsam alters- und charakterlose Person, schon gar nicht wie eine verlorene Waise, sondern wie ein Mann, dem sie sich undeutlich zugehörig fühlte. Beunruhigend an ihm war, dass er keine Launen kannte, keinen Zorn, keine schlagfertige Erwiderung, wenn man ihn von oben herab mit dem unversöhnlichen Groll von Leuten behandelte, die einen Menschen erst grausam beleidigen und es ihm dann auch noch verübeln. Und seine Nachsicht – oder war es Vergessen? – steigerte ihr Misstrauen noch. Fanny fürchtete, Ludovic könnte armselige Gründe für diese Vergesslichkeit haben, materielle zum Beispiel, und vor dieser Hypothese verblasste der neue Charme des Mannes gleich wieder.

Sie hatte beschlossen, in der Nacht darüber nachzudenken, am Morgen vielleicht abzureisen, auf jeden Fall ausführlich mit Ludovic zu reden. Doch kaum lag sie in ihrem Landhausbett – mit der unvermeidlichen Flasche Évian-Wasser, die wie eine Anstandsdame auf dem Nachttisch aufgepflanzt war –, schlief sie auch schon ruhig ein. Das letzte Bild unter ihren Lidern war ein lachender Ludovic ganz nah an ihrem Gesicht, mit seinen vor Glück strahlenden, glühenden Augen. Sie verstand sich selbst nicht. Als sie Quentin damals zum ersten Mal sah, mit seiner englischen Art und seinem sinnlichen Mund, hatte sie ihn sofort geliebt und begehrt. Bei Ludovic hatte sie nur Mitgefühl und Neugier empfunden. Was war passiert?

Tatsache ist, dass sie die Kieselsteinchen nicht hörte, die ihr Verehrer an die Fensterläden warf. Sicher war es auch besser so.

* * *

Als sie am nächsten Morgen das Speisezimmer betrat und er, zur Tür gewandt, dastand und sie mit den Augen und dem Lächeln vom Abend zuvor ansah, wunderte sie sich über seinen ungeduldigen und verklärten Gesichtsausdruck. Eine unerwartete Zärtlichkeit schnürte ihr die Kehle zu; auf der Schwelle blieb sie stehen und registrierte beiläufig, dass Marie-Laure ihr den Rücken zukehrte, während sie ihren Toast aß, und ihr Gesicht folglich nicht sehen konnte. Als sie sich setzte, fühlte sie sich zum ersten Mal schuldig gegenüber ihrer Tochter und bereit, Ludovic eine Szene zu machen wie einem Flegel oder so, als hätte er sie am Vorabend vergewaltigt und geschwängert. Kurz, warum hatte sie eine Situation noch komplizierter gemacht, die angesichts der Hauptpersonen schon von vornherein so unheilvoll war?

»Guten Morgen«, sagte sie lächelnd in die Runde, mit der ihr eigenen Höflichkeit, der niemand widerstehen konnte.

Verschiedene »Guten Morgen« kamen zurück, darunter von Philippe, den sie, wie er da in seinen abgewetzten Morgenmantel gehüllt saß, gar nicht wahrgenommen hatte. Henri war schon in die Fabrik gefahren, und Ludovic schien noch nicht aus seinen Träumen erwacht.

»Mein Gott, Mutter, Sie wollen sich also wieder mal ein höllisches Arbeitspensum aufbürden?«

Marie-Laure streifte Fannys Samthose und die Seidenbluse mit einem nachsichtigen Blick.

»Sie sollten öfter Hosen tragen«, bemerkte sie dann. »Bei Ihrer Figur macht Sie das sehr viel jünger. Doch, doch, doch …«, fügte sie hinzu, als hätte jemand dem Kompliment widersprochen.

Und Fanny lächelte gelöst.

»Meinst du? …«

Sie nahm einen besorgten Ausdruck an und warf einen gerührten Blick auf ihre Tochter:

»Und du, mein Liebes, bleib im Kleid. Du warst immer so hübsch mit deiner schlanken Taille, deinen Plisseeröckchen und den spitzen Schuhen …«

»Aber ich ziehe mich trotzdem um«, sagte Marie-Laure trotzig und wies auf ihr Chanel-Kostüm. Ich gehe nämlich nachher zum Golf.«

Es war ein wenig hart für sie, dass Fanny ihr Ensemble herabwürdigte, während Ludovic, der trotz seiner unübersehbaren Treulosigkeiten ihre Garderobe stets sehr bewunderte, nur noch Augen für ihre Mutter hatte. Fanny sah an diesem Morgen in der Tat sehr jung aus, aber ein unsichtbares Alter zu erwähnen bedeutete im konkreten Fall nicht zwangsläufig, dass dies in ihrem Sinne war. Sie stand auf.

Seit ihr Mann zurück war, verbrachte Marie-Laure die Nachmittage häufig auf dem Golfplatz, wo sie ein paar ausländische Freunde wiedergetroffen hatte, »die wie durch ein Wunder dem Ritz entflohen waren«, wie sie sagte, und denen sie Ludovics Abwesenheit mit seiner »Rehabilitation« erklärte, einem vagen, aber doch ausreichend beunruhigenden Begriff, der diese in Wahrheit sehr erwünschte Abwesenheit aufs beste legitimierte. Sie seufzte gern tief auf, wenn sie an ihren Verehrer dachte, einen Amerikaner mit gesichertem Vermögen, doch ohne Prestige. Schließlich würde sie sich nach drei Jahren einer reibungslosen Quasi-Witwenschaft nicht mit einem Industriellen aus Minnesota zufriedengeben. Nach dem Golf würde sie zur Cressonnade zurückkehren und wie jeden Tag mit ihren Freunden telefonieren, aber ebenfalls mit Maître Perez und Maître Seiné, den zukünftigen und gegenwärtigen Sachwaltern ihres Erbes beziehungsweise ihres Anteils am Vermögen der Cressons. Schließlich würde sie auch ein Stündchen mit Philippe plaudern, mit dem sie sich hin und wieder austauschte, seit man etwas mehr über die Seitensprünge der beiden Herren Cresson erfahren hatte.

* * *

An diesem Tag stand Ludovics Cabriolet, das der Vater ihm bei seiner Rückkehr aus dem Genesungsurlaub geschenkt hatte, vor der Terrasse bereit. Der junge Mann sprang die Stufen der Treppe auf einem Bein herunter.

»Wir dürfen die Blumen für Marie-Laure nicht vergessen!«, rief er. »Ich habe allen Leuten erzählt, dass wir unterwegs sind, um Besorgungen zu machen.«

Er schien entzückt von seiner Scheinheiligkeit. Was wollte Fanny mit diesem zurückgebliebenen Bengel? Er hatte ihr gesagt, dass er sie wahnsinnig liebe, er hatte mit ihr geschlafen, so, wie sie es mochte, er war seit Jahren unzurechnungsfähig. Was wollte sie von ihm? Sie wollte ihn nicht verachten. Und mit welchem Recht im Übrigen?

Der Bahnhof war nicht allzu weit. Sie brauchte nur einen Zug zu nehmen, um einer Situation oder Reaktionen aus dem Weg zu gehen, die peinlich für sie werden konnten.

»Hast du die Autoschlüssel?«, fragte er.

»Ja«, sagte sie schroff und kramte in ihrer Handtasche, wo sie sie auch fand.

Sie warf sie ihm zu, während sie gleichzeitig die Beifahrertür öffnete und sich setzte. Zuvor hatte er sie gebeten zu fahren, wenn …, sie hatte grundsätzlich zugestimmt, darum sah er sie durch ihre Scheibe auch mit besorgtem Blick an. Aber sie rührte sich nicht. In den vergangenen zwei Wochen hatten sie sich doch auf eine Regel geeinigt, ein Mann, nur weil er sie zu lieben meinte und sie besessen hatte, konnte ihr nicht einfach augenzwinkernd doppelbödige Dinge sagen. Und sich schon gar nicht in ihrer Gegenwart von der eigenen Frau wie ein Rotzbengel behandeln lassen und dann von ihr erwarten, dass sie das Steuer übernahm. Anfangs hatte sie ihn bedauert, aber in diesem Moment bedauerte sie sich selbst. Sie an der Seite eines letztlich unverantwortlichen jungen Mannes, sie, die ihr Brot mit Arbeit verdiente, die auf sich allein gestellt war und ihren Urlaub dieser Familie herzloser Bourgeois geopfert hatte.

»Was hast du?« …

»Fahren wir, sei so lieb, Ludovic, ich bin müde. Setz du dich ans Steuer.«

Und sie lehnte sich zurück und schloss die Augen.

Nach einem Moment des Schweigens hörte sie, wie Ludovic neben ihr Platz nahm, den Wagen startete, mehrmals Gas gab, den Gang einlegte und langsam, ohne Stottern, losfuhr. Sie hielt die Augen geschlossen zum Zeichen des Vertrauens, aber vor allem der Verdrossenheit.

»Ich weiß nicht, wo der Scheibenwischer ist«, sagte eine fröhliche, beinahe triumphierende Stimme. »Ich erinnere mich nicht mehr …«

Sie hob die Lider, sah ihren Sklaven, der ihr sein besorgtes, aber unschuldiges Gesicht zuwandte, einen Moment an, dann schaltete sie mit der Linken den Scheibenwischer ein.

»Hast du keine Angst, mit mir zu fahren? Ich habe

mich nicht getraut, dich darum zu bitten, aber ich habe nach deiner Ankunft heimlich ein bisschen geübt.«

»Überhaupt nicht«, sagte sie. »Warum sollte ich?«

Und sie schloss wieder die Augen.

Ludovic fuhr schweigend bis Tours, der Stadt der Versuchungen, wo er in jedem Laden seine Sklavennummer abzog, die Einkaufswagen schob, jede Transaktion mit beifälligen Blicken begleitete. Er war ständig von einem Schwarm von Verkäuferinnen umgeben, die Madame Hamels wolkige Andeutungen über ihre Begegnung mit dem jungen Cresson in helle Aufregung versetzt hatten. Der möglicherweise verrückte Gentleman schien ja sehr bemüht um seine Schwiegermutter, die auch umso liebenswerter erschien, als seine eigene Frau unerträglich war.

Sie standen gerade in einem großen Geschäft, Fanny zögerte noch beim Kauf einer Porzellanschale, von der sie ein Exemplar auf jeden der Tische stellen würde, und zeigte ihm die Rechnung.

»Was meinst du?«

»Oh«, sagte er, ohne überhaupt einen Blick darauf zu werfen, »freie Hand ist freie Hand. Was hat es schon zu bedeuten?«, fügte er hinzu und zog sie am Ärmel zum Ausgang. »Und wenn wir sie nehmen, um bei den Leuten hier Eindruck zu schinden. Du wirst sehen, bei ihrer eigenen Party stellen sie dann die gleichen Schalen hin.«

»Bei der werde ich aber nicht dabei sein«, erwiderte

Fanny lachend, während er ihr in den Wagen half und, ihren Weisungen folgend, alles im Kofferraum verstaute. Dabei erwies er sich als das ganze Gegenteil eines jungen Mannes, den Medikamente oder Apathie gedämpft oder der sich von seiner Familie schikaniert gefühlt hätte.

Und während sie eingeklemmt in dem unbequemen Gefährt saß, beugte er sich mitten auf der Straße über sie und drückte seinen Mund auf ihr Haar, sehr schnell und in aller Offenheit. Sie fuhr auf ihrem Sitz hoch.

»Sind Sie wahnsinnig, Ludovic Cresson! Was sollen die Leute denken?«

»Was immer sie wollen. Außerdem werden wir verreisen, nicht wahr? Ich habe noch nichts von der Welt gesehen. Nur wenn Sie gern reisen, natürlich.«

Sie fiel auf ihren Sitz zurück. In diesem Augenblick hätte sie alles gegeben für ein Hotelzimmer mit Schlüssel und Tür, selbst hier in Tours, einer Stadt, die sie nicht mochte, wo sie sich einschließen, wieder zu einem normalen Leben zurückfinden konnte, sie wollte zurück nach Paris, in ihre eigene Cressonnade von hundert Quadratmetern. Verdammt! … Was ist eigentlich los mit mir? Da fahre ich nichts ahnend für drei Wochen aufs Land, um meiner Tochter auszuhelfen, obwohl sie mich zur Verzweiflung bringt. Und bin so blöd, mich mit diesem Jungen einzulassen, der ein Opfer seiner Familie ist, und schon ist eine ganze, große Liebe verraten und vergessen?

Einmal seit Quentins Tod hatte sie die Nacht mit einem Mann verbracht und sich am nächsten Morgen geschämt, weil der Kerl sich an die Brust geschlagen und damit geprahlt hatte. Genauer gesagt hatte er ihre Vorstellung von der Liebe verletzt, die für alle Zeiten von Quentins Liebe geprägt war und eine gewisse Achtung des anderen einschloss. Seitdem hatte sie in ihrer Umgebung erlebt, wie kultivierte Männer sich rüpelhaft gegenüber ihren Frauen oder ihren Mätressen benahmen und zauberhafte Frauen ihrem Friseur die Heldentaten ihrer Liebhaber erzählten. Es herrschte ein umgekehrter Puritanismus, der sich Freiheit nannte und sie sehr erstaunte, als sie ihn entdeckte, denn Quentin und auch ihr eigener Horizont hatten sie bisher davor bewahrt. Heute erschreckte sie der Gedanke einer solchen inneren Leere: die Unfähigkeit zu lieben, verbunden mit der Besessenheit, seine Liebschaften öffentlich zur Schau zu stellen.

* * *

Fanny und Ludovic verbrachten den Nachmittag damit, durch die Straßen von Tours zu streifen und die Dinge zu besorgen, die Fanny drei Tage zuvor nach reiflicher Überlegung als unbedingt notwendig auf eine Liste gesetzt hatte, die ihr aber auf einmal ebenso unpassend wie unrealistisch erschien. Sie sprach über das Wetter, über Einzelheiten des Festes, in welchem Aufzug die gute Gesellschaft von Tours wohl erscheinen würde, und Ludovic antwortete im gleichen Ton, ohne weiter zu insistieren. Wenn sie sich nach ihm umwandte, sah sie in ein abgespanntes, fragendes, schuldbewusstes Gesicht. Das Unwissen über den begangenen Fehler machte ihn stumm, seine Verständnislosigkeit, seine Angst ließen ihn älter erscheinen, ja entstellten seine Züge sogar leicht. Er hatte nichts mehr von dem jungen wehrlosen und überglücklichen Liebhaber der vergangenen Nacht. Er war aufs Neue einsam, verzweifelt und plötzlich erwachsen, doch erwachsen, wie man es durch Kummer werden kann, das heißt, als wäre er in eine Ecke des Zimmers, des Lebens verbannt, mit dem Rücken zu allen Möglichkeiten der Zukunft; allein, immer allein, er war wieder allein. Gestern hatte er geglaubt, dieser Einsamkeit zu entkommen, aber kaum liebte er sie, schottete er sich auch schon wieder ab.

Er gefiel ihr, und sie zitterte. Der Zauber seiner Haut, seine gesenkten Lider, die Unruhe in seinen Augen, seine großen Hände auf dem Steuer, Hände, die seltsamerweise so kräftig aussahen und von denen sie jetzt wusste, wie zart und behutsam sie sein konnten … Alles, was sie am gestrigen Abend entdeckt hatte, davon wandte sie heute den Blick ab, wie in den innigsten Augenblicken ihrer Leidenschaft für Quentin.

Je länger sie darüber nachdachte, desto verblüffter und besorgter war sie. Wie konnte man sich von der ersten Umarmung an jemandem so tief verbunden, so natürlich nahe fühlen … Sie waren sich auf einem Nebenschauplatz begegnet, ohne Furcht, ohne Neugier, ohne Vorbehalt. Man konnte nur das Schicksal ins Feld führen, selbst wenn sie mehr oder weniger zehn Jahre älter war als er, selbst wenn es ein Skandal war, selbst wenn es nicht von Dauer sein würde und selbst wenn alle ihre Gewohnheiten, ihr ganzes Leben diese Geschichte und diese zwei Stunden am Klavier Lügen straften.

9

Die Gespräche bei Tisch schleppten sich an diesem Abend dahin. Henri Cresson fragte sich, warum die Touristen absolut immer die gleichen Dinge aufsuchen wollten und es offenbar speziell auf Notre-Dame abgesehen hatten. Ihm erschien die Kathedrale wie ein Klotz, langweilig und überladen.

»Und dann«, fügte er hinzu, »diese scheußlichen Fratzen, die überall angebracht sind … Wie heißen die gleich, diese grauenvollen Dinger draußen an der Fassade …? Einfach scheußlich. Wie heißen die denn …?«

»Gargouilles, Wasserspeier«, sagte Ludovic.

»Woher weißt du so was?«, staunte Henri, als habe sein Sohn ein schreckliches Atomgeheimnis verraten.

»Stimmt«, wunderte sich auch Marie-Laure, »woher diese Gelehrsamkeit? Die Gargouilles, mit denen du dich früher beschäftigt hast, waren, soweit ich weiß, nicht aus Stein …«

»Außer einer, und die habe ich geheiratet.«

Auf Ludovics gelassene Erwiderung folgte ein endloses Schweigen. Henri wurde rot vor Befriedigung und wollte gerade seine sicher deplazierte, definitive Meinung dazu äußern, als das Geräusch schwerer, langsamer Schritte über ihren Köpfen zu hören war. Mit großen Augen, die Gabel in er Luft, sahen die am Tisch Versammelten starr geradeaus. Über ihnen lag das Zimmer von Sandra, die seit einiger Zeit ans Bett gefesselt war, mit striktem Verbot aufzustehen, und von einer Nachtschwester versorgt wurde, die so schmächtig wie die Tagesschwester korpulent war.

»Das ist Hamlet, der den Schritt seines Vaters hört, erster Akt«, kommentierte Ludovic, nun eindeutig in Fahrt.

»Um Himmels willen«, schrie Henri, er war aufgesprungen. »Sie muss sich auf der Stelle wieder hinlegen. Dr. Murat … Marat … keine Ahnung, hat es mir gestern erst wieder eingeschärft. Philippe, gehen Sie rauf und sorgen Sie dafür, dass sie sich wieder hinlegt, ich komme sofort. Los, los, junger Mann, bewegen Sie sich!«

Der Schwager eilte zur Treppe, allerdings eher aus Gehorsam denn in Sorge.

Allmählich schien Marie-Laure sich von Ludovics Bemerkung zu erholen.

»Was fällt ihr bloß ein?«, fragte Henri, in Gedanken noch bei seiner Frau. Er erhob sich und ging langsam auf die Treppe zu, gefolgt von der aufgeregten Fanny. Da rief Marie-Laure:

»Wissen Sie, Vater, dass Ihre Frau schon seit acht Tagen in ihrem Zimmer zugange ist. Sie bereitet für das Fest eine Überraschung für Sie vor.«

»Das kann nicht wahr sein!« (Henris Bestürzung war echt.) »Sie kann nicht … das darf sie nicht! Selbst dieser Dr. Dings vom Hôtel-Dieu hat mir gesagt …«

»Das ist ihr egal, Vater.«

»Aber sie sieht schon aus wie … Sie hat einen Teint wie eine überreife Tomate«, brüllte Henri, »wie eine rohe Lammkeule … Soll sie uns beim Nachtisch wegkippen, oder was? … O nein, o nein, o nein! Und was ist mit Fanny? Fanny empfängt doch die Gäste, nicht wahr? Ich habe allen meinen Freunden sagen lassen, dass endlich mal eine hübsche Frau die Soiree in La Cressonnade eröffnet!« Und brummelnd schickte er rasch hinterher: »Sandra hat gewiss andere Qualitäten …«

Entrüstet reagierte Fanny:

»Aber so spricht man nicht von seiner Frau! Erstens gebe ich mehr als gern mein Zepter an sie zurück, und außerdem, die Worte, die Sie gebrauchen …«

»Aber ich habe es überhaupt nicht böse gemeint«, entschuldigte sich Henri. »Und dann, Sie wissen ja, wir Männer …« (Und hier lächelte er ein kleines Haifischlächeln, das ihm gar nicht stand.) »Es ist nur so ein Ausdruck«, rief er mit seiner gewohnten Unaufrichtigkeit. »Sagen Sie mir nicht, Sie haben noch nie einen Mann in Zusammenhang mit seiner Frau von einer rohen oder gebratenen Lammkeule reden hören! Vielleicht zu Unrecht, mag sein, aber sicher ohne alle Bosheit …«

»Nein, habe ich nicht«, erwiderte sie bestimmt. »Gebraten oder roh, ich habe noch niemals einen Mann seine Frau mit einer Lammkeule vergleichen hören.«

Ein nervöses Lachen packte sie an der Kehle, als sie sich reden hörte, und mit stolzer Miene verließ sie, so schnell es ging, den Raum.

»Niemals«, sagte sie auf der Treppe noch einmal, »niemals!«

Oben angekommen, verfiel sie sogar in einen leichten Trab, um zu ihrem Zimmer zu gelangen.

Marie-Laure, Ludovic und Henri blieben zurück, das Ohr zur Decke gespannt, mit leerem Blick.

»Martin«, fragte Henri, als wären die beiden anderen Anwesenden taub, »Sie hören doch nichts mehr, oder?«

»Nein, Monsieur«, sagte der Diener und trug die Platte mit dem Käse auf, die Henri Cresson angewidert von sich schob.

»Aber Sie haben doch vorhin auch diese Schritte gehört?«

»Nein, Monsieur«, antwortete Martin ebenso gleichgültig.

Beide Männer sahen sich mit eisiger Antipathie in die Augen. Marie-Laure (die Käse im Übrigen hasste) hob aus Trotz die Hand, aber nach einem Blick zu ihrem Schwiegervater ließ sie sie schnell wieder auf das Tischtuch sinken.

»Jedenfalls«, meinte Henri, »hat Philippe einen guten Einfluss auf seine Schwester: Sie hat sich wieder hingelegt.«

»Vielleicht hat er auch ein bisschen nachgeholfen?«, schlug Ludovic vor.

Marie-Laure sandte ihm ein amüsiertes Lächeln, zum ersten Mal, seit er wieder zu Hause war, aber er erwiderte es nicht. Er beobachtete mit Interesse seinen Vater: Henri schwankte sichtlich zwischen seiner Verantwortung für Sandra und der rasenden Lust, ihr zu entrinnen. Einem plötzlichen Impuls folgend, stürzte er zur Garderobe. Ludovic und seine Frau blieben für einen Augenblick allein miteinander, aber standen dann auch rasch auf. Philippe kam nicht wieder – und so konnte er auch nicht die Komplimente der Familie für sein diplomatisches Eingreifen entgegennehmen.

* * *

Um elf Uhr abends saß Madame Hamel in ihrem kleinen, überall mit Zierdeckchen ausgestatteten Salon und hörte sich die Klagen von zweien ihrer Schäfchen an. Die eine war bei einem sexuell perversen Kunden gewesen, dem sie nur durch Flucht entkommen konnte. »Niemals mit Touristen oder Unbekannten«, hatte ihr Madame Hamel gleichwohl immer wieder eingeschärft, und jetzt reichte sie ihr eine Elastikbinde für ihren Knöchel, den sie sich beim Rennen auf dem Bürgersteig verstaucht hatte. Die andere, auch noch etwas aufgelöst von dem Schreck, der ihr in die Glieder gefahren war, sah vertrauensvoll auf Sylvia Hamel, die an ihrem kleinen Schreibtisch saß und in sehr bestimmten Worten auf einen Brief antwortete, den ihre Pensionärin heute Morgen von einem alten Freund erhalten hatte. Der hatte die Frechheit besessen, die Einkünfte von zwei Monaten von ihr zu verlangen. Das Gesicht von Madame Hamel, während sie die eindrucksvolle Liste ihrer Gönner und Beschützer zitierte, hätte so manchen verspäteten Zuhälter den Schwanz einziehen lassen.

In diese hoch gespannte Atmosphäre platzte Henri Cresson, aber sie war ihm durchaus recht. Nackte Beine, Champagner und schmachtende Blicke hätten seinen strapazierten Nerven in diesem Moment den Rest gegeben. Er bat Madame Hamel, ihm jetzt, auf der Stelle, ein wenig von ihrer Zeit zu schenken und ein paar Ratschläge zu erteilen, denn er hatte die Diskretion und den gesunden Menschenverstand seiner Gesprächspartnerin erst unlängst wieder zu schätzen gelernt. Außerdem, so fügte er hinzu, wünsche er schon seit geraumer Zeit, dass die Orgel von Saint-Eustache (die zu Madame Hamels wohltätigen Werken gehörte) erneuert würde, was allzu geizige Spenden bisher verhindert hatten. An diesem Punkt unterbrach Madame Hamel ihre streitbare Prosa, faltete den Brief zusammen, schickte die unglücklichen jungen Damen ins Schlafzimmer und schloss sorgfältig die Tür zum Flur.

Henri Cresson, von Zierdeckchen umzingelt, erschien wie ein heldenhafter Stier, der leichtsinnigerweise schon dekoriert und in die Freiheit entlassen war, bevor er überhaupt in die Arena musste. Er trank zwei Cognacs nacheinander, dann sagte er zu seiner unschätzbaren alten Freundin:

»Also. Sie wissen ja sicher, dass Sandra, die neulich wieder eine ihrer schweren Krisen hatte, auf Weisung der Ärzte seit Kurzem ans Bett gefesselt ist. Darum wird meine Schwägerin … also, eine Verwandte … genauer, die Mutter meiner Schwiegertochter so freundlich sein, mit meinem Sohn und mir unsere Gäste zu empfangen. Und Fanny Crawley ist eine zauberhafte Frau.«

»In der Tat«, sagte Madame Hamel. »Ich habe sie neulich bei den ›Trois Dauphins‹ gesehen. Sie kaufte Strohstühle für Ihr großes Fest, und sie machte wirklich einen sehr liebenswerten, eleganten Eindruck auf mich, eben eine Pariserin. Und sie sieht so jung aus … Wie alt ist sie überhaupt?«

»Keine Ahnung …«, überlegte Henri zum ersten Mal. »In meinen Augen ist sie eine junge Frau, schön, liebenswürdig, fröhlich und verführerisch. Sehr, sehr, sehr verführerisch …«

»Gewiss …«, bestätigte Madame Hamel, die sich allmählich ein wenig wunderte.

»Sie arbeitet in Paris bei einem angesehenen Couturier, dessen Namen ich vergessen habe. Eine anspruchsvolle Arbeit, versteht sich, die ihr gleichwohl nur ein bescheidenes Einkommen sichert.«

Er hielt inne, dann fuhr er fort:

»Kurzum, ich habe die Absicht, sie zu heiraten.«

Sylvia Hamel, die an diesem Abend bereits zwei verschreckte Mädchen erlebt hatte, die sich zu ihr geflüchtet hatten, sah nun den wichtigsten Industriellen der Stadt, den Arbeitgeber von Hunderten von Leuten und damit für sie von Hunderten Klienten, vor ihren Augen den Kopf verlieren. War er betrunken? Sie erhob sich aus ihrem Sessel.

»Monsieur Cresson«, rief sie mit ihrer tiefen Stimme, »sind Sie nicht schon verheiratet?«

»Schon viel zu lange!«, Henri Cresson wurde laut, er war ebenfalls aufgestanden. »Meine Frau ist ein Drachen, das wissen Sie nur zu gut. Die ganze Stadt weiß es. Schließlich gibt es so was wie Scheidung, verdammt!«

Er setzte sich wieder. Madame Hamel goss sich einen Cognac ein.

»Weiß sie davon?«

Sie meinte Sandra, aber Henri hatte keine Prioritäten:

»Nein … Fanny weiß es nicht, auch Sandra nicht, niemand. Ich wollte mich erst mit Ihnen beraten.«

Madame Hamel hatte den ersten Schock überwunden, sie schien sich zu fassen.

»Zunächst einmal, ich fühle mich sehr geschmeichelt … Dass ich die Erste bin, wirklich, welche Ehre. Also, wenn ich richtig verstehe, Sie haben konkret noch nichts unternommen?«

»Es soll in den kommenden Tagen geschehen«, sagte Henri.

»Aber hat Madame … also die Mutter Ihrer Schwiegertochter schon Ja gesagt?«

»Noch nicht, ich habe ihr noch nichts gesagt, aber solche Dinge, wissen Sie, die spürt man …«

Und er nahm die Miene eines Psychologen an, der Madame Hamel allerdings nur halb überzeugte.

»Ich hatte mir gedacht, ich verkünde es am Abend des Festes vor allen Gästen, außer Sandra natürlich – denn die wird auf ihrem Zimmer sein … Etwa so: Zwei schöne Nachrichten zum Dessert: Mein Sohn ist nicht verrückt, und ich heirate eine wunderbare Frau …«

Er schien wirklich begeistert von seiner Idee.

»Mein Gott«, sagte Madame Hamel nur.

Und sie dachte: Wenn hier einer verrückt ist, dann er!

»Und Ludovic, der keine Mutter gehabt hat, der arme Kleine, empfindet große Zuneigung für sie.«

Madame Hamel, im Gedanken an die einhellig positiven und recht detaillierten Urteile ihrer Pensionärinnen über Ludovics glühende Zuneigungsbekundungen, im Gedanken weiterhin an den Charme des Letzteren, versank noch ein bisschen tiefer in ihrem Sessel, kniff die Augen zusammen in einer Pose angestrengten Nachdenkens, sah aber in ihrem Geiste, der mit solchen Extravaganzen wenig Übung hatte, nur inzestuöse Duelle, blutige Morde, und so weiter.

»Wenn ich Sie wäre, Monsieur Cresson, würde ich allerdings bis ein paar Tage nach dem Fest warten, bevor ich eine Entscheidung treffe. Madame Cresson, also Sandra, sollte nicht die Letzte sein, die es erfährt.«

»Es heißt ja, die Gelackmeierten erfahren es immer zuletzt. Oh, Pardon … Der einzige kleine Fehler, den Fanny mit vorwirft: mein loses Mundwerk.«

Und er sah so zufrieden mit sich aus, dass sie nur hinzufügen konnte:

»Das ist natürlich wirklich nur ein Detail. Aber hat sie selbst nicht in Paris bereits eine Beziehung?«

»Darum kümmere ich mich schon«, sagte Henri, nun wieder mit seinem Geierblick.

Madame Hamel und er hatten praktisch die ganze Flasche Cognac geleert, sie toasteten einander zu und tauschten noch ein paar Glückwünsche aus, als Madame schließlich doch bemerkte:

»Glauben Sie allerdings nicht, dass es besser wäre, Sie heiraten Ihre Traumfrau nicht, sondern sichern ihr ein herrliches, sorgloses Leben in Paris und vermeiden ein Drama, das Geschrei Ihrer Gemahlin und das Gerede der Leute …?«

»Fanny ist kein Flittchen, das sich aushalten lässt, Madame Hamel! Sie ist eine Dame, die man zunächst heiratet.«

»Wenn Sie vorher vielleicht erst mal sechs Monate gemeinsam verbringen würden, um zu sehen, ob Sie zueinander passen … Außerdem, das wissen Sie ja, zwischen einer Scheidung und einer erneuten Heirat müssen dreihundert Tage liegen …«

Henri war unerbittlich.

»Wir werden in Tahiti heiraten, oder in Andorra oder in Luxemburg, der Bürgermeister ist ein Freund von mir …«

»Lebt sie denn gern auf dem Land?«, fragte Madame Hamel, die bereits leicht schwankte (der Cognac oder der Psychoschock).

Henri zögerte:

»Sie hat mir gestanden, sie fände es schön, eine harmonische Einheit zwischen dem Äußeren und Inneren des Hauses zu schaffen.«

Er stand auf, löste ein Deckchen, das an seiner Hose klebte, und küsste Madame Hamel die Hand.

»Mein Gott, schon zwei Uhr morgens … Entschuldigen Sie tausendmal … Und noch einmal danke für Ihren Rat.«

Für welchen eigentlich, in der Flut von Ratschlägen, die sie ihm wohl gegeben hatte? Sie war so müde und aufgewühlt, dass sie sogar vergaß, ihn an das Harmonium von Saint-Eustache zu erinnern.

10

Mit ihren Nerven am Ende, schlüpfte Fanny vollständig angekleidet ins Bett. Es hatte geregnet während des Abendessens, aber jetzt dehnte sich ein blauschwarzer Himmel, übersät mit Tausenden tropfnasser und zusammengeschrumpfter kleiner Sterne, vor ihrem Fenster. Es war nichts anderes zu hören als ein ruhiger Wind, der sanft die Blätter der Platane wiegte, sie manchmal raschelnd gegeneinanderschlug wie ein eifriger Pfarrer die Seiten eines Messbuchs, in dem er blätterte. Sie verließ das Bett, zog sich aus, nahm ein Bad und sagte dabei mehrmals laut vor sich hin: »Rohe Lammkeule, also nein, niemals!« Sie sah die Szene noch einmal vor sich, wie sie entrüstet vor dem armen Henri stand, der seinerseits versuchte, den Ausdruck amüsant erscheinen zu lassen, der in der Tat eher unzutreffend als verächtlich war. Und wieder musste sie lachen.

* * *

Um vier Uhr morgens knarrte die Tür zum Korridor, und Ludovic trat in ihr Zimmer. Er hatte noch die Sachen an, die er tagsüber getragen hatte, und das war gut so. Denn wenn er frisch rasiert und geschniegelt in einem schönen Morgenmantel, gleichsam als der selbstsichere Liebhaber bei ihr erschienen wäre, hätte sie ihn sofort rausgeschmissen. Stattdessen sah sie ihn, als sie ihre Nachttischlampe einschaltete, mit aufgewühltem Gesicht am andere Ende des Zimmers stehen, nahe beim Fenster und dem Anschein nach eher bereit, dort hinaus- als auf ihr Bett zu springen.

»Ludovic …«, sagte sie instinktiv flüsternd, obwohl das nächstgelegene Zimmer das von Philippe war, zwei Räume weiter, und dieser wie ein Walross schnarchte.

Ludovic stand da mit zersausten Haaren, seinem zerknitterten Hemd, seinem immer gleichen braunen Mohairpullover. Seinem Lieblingspullover, stellte sie fest und wunderte sich zugleich, wie gut sie die Garderobe des jungen Mannes kannte. In der Tat, dieser braune Pullover, sein verwaschenes rötliches Hemd, seine Cordhose und seine fast neuen Mokassins waren ein Bild aus ihrer eigenen Erinnerung. Sie bedeutete ihm, sich zu setzen.

»Es ist vier Uhr morgens, Ludovic. Sie haben sich weder ausgezogen noch umgezogen … sind Sie nicht schlafen gegangen?«

Ihre zunächst muntere Stimme wurde unwillkürlich langsamer, so als wären ihre eigenen Worte ihr nicht mehr so wichtig. Er unterbrach sie mit einer fast rüden Handbewegung, oder die doch, wäre es Henri gewesen, rüde erschienen wäre.

»Ich bin gekommen, um Ihnen zu sagen, dass, wenn ich Ihnen zu nahegetreten oder Sie schockiert haben sollte, es keine Absicht war. Seit heute Morgen versuche ich herauszufinden, was passiert ist … aber ich begegne nur den Augen und der Stimme einer Fremden. Ich bin einfach sehr unglücklich, das ist alles.«

Nach diesem letzten Satz hob er den Kopf und sah sie an.

»Verstehen Sie«, fügte er hinzu, »ich habe nicht gedacht, dass Sie mich auch lieben würden, noch nicht, aber dass Sie mich gernhätten, dass ich Ihnen gefalle …«

»Aber das stimmt doch auch«, sagte sie.

Denn es stimmte, er gefiel ihr, wie er da halb zu ihren Füßen hingestreckt lag.

»Ich habe nie einen anderen geliebt als Quentin, meinen Mann«, hob Fanny wieder an. »Abgesehen von allem anderen, hat er mich beschützt, ich war vor der Welt, vor den Leuten sicher … Heute lebe ich allein. Ich verdiene nicht sehr viel Geld, aber ich muss beschützt werden, begreifst du das?«

Er nickte. Er ließ sie nicht aus den Augen, aber das war ihr in keiner Weise unangenehm.

»Hier aber bist du derjenige, den man beschützen muss, gegen diese Leute hier …«, und sie beschrieb mit der Hand einen Bogen, »die dir das alles angetan haben, die sich über dich lustig machen, dir misstrauen und dich demütigen, während sie dich doch jeden Tag um Verzeihung bitten müssten … Allen voran meine Tochter … Verstehst du«, sagte sie, »ich will keinen Sohn und auch keinen Liebhaber, der auf Knien lebt.«

Er stand auf und ging zum Fenster.

»Du hast ja recht«, sagte er mit erstickter Stimme, »aber sie haben mir Angst gemacht … Sie machen mir immer noch Angst. Und wenn sie mich wieder dahin zurückschicken? Marie-Laure sagt, ein Anruf genügt … Und außerdem, als ich dort war, waren sie die einzigen Menschen, die ich draußen kannte, die Einzigen, von denen ich dachte, dass sie mich da rauszuholen versuchen, die Einzigen, die mich besuchen kamen, verstehst du? Mein Vater, meine Frau, meine Stiefmutter … Ohne sie wäre ich vielleicht heute noch dort.«

Schweigen. Fanny richtete sich auf.

»Es waren die Ärzte, die dich rausgeholt haben …«, begann sie empört.

Dann zerriss etwas in ihr. Sie stammelte »Ludovic«, und sicher streckte sie wohl auch die Hand nach ihm aus, denn einen Augenblick später lag er in ihren Armen, küsste ihr die Tränen weg, die sie nicht spürte, tröstete sie für alles, was man ihm, Ludovic, angetan hatte und das ihr, Fanny, unerträglich war.

»Oh, mein Liebes …«, sagte sie jetzt mit einer Zärtlichkeit, die Ludovics Küsse, seine Hände zunächst ganz sanft, dann immer hastiger in fieberhafte Gesten verwandelte.

Eine Lampe, die gelöscht wird, ein Pullover, den eine Frau einem Mann über den glühend heißen Kopf zieht, ein Hemd, das er sich selbst vom Leib reißt, Hosen,

Schuhe, die durchs Zimmer fliegen, Liebesschwüre, Tränen, die ineinanderfließen, ein Mund, der von einem anderen Mund nicht lassen kann. Und dann das Geräusch zweier Körper, die sich aufeinanderwerfen, zweier Blätter, zweier Seiten … Und der Wind, dieser Wind, der mit dem beginnenden Morgen aufkommt.

11

Henri Cresson war in den Schutz seines Hauses und sogar seiner Frau zurückgekehrt, indem er durch eine kleine Korridortür schlüpfte, die direkt ins Bad führte. Auf Zehenspitzen gelangte er in sein Zimmer, sofern man nach einer bestimmten Menge Cognac im Blut und in großer Erregung noch auf Zehenspitzen laufen kann. Der Atem seiner Gemahlin, die aus Liebe oder aus Kontrollbedürfnis ihre beiden Verbindungstüren halb offen gelassen hatte, drang abwechselnd als Schnarchen und als Pfeifen zu ihm. Und dieser lebende Beweis von Vertrauen und Gesundheit ließ so etwas wie vorweggenommenes gutmütiges Bedauern in Henri hochkommen, eine Art Scham.

Er ging zu seinem Sekretär, der ein sichtlich modernes Möbelstück war, aber von seinem Großvater Antoine Cresson gebaut worden war, einem leidenschaftlichen Kunsttischler und Geheimniskrämer. Man musste auf die Oberkante einer Schublade drücken, während man sie zuschob, und gleichzeitig kräftig gegen den Sockel des Möbels treten, wodurch eine dritte Schublade aufsprang, und so weiter, in der ein

Testament seinen ruhigen Schlaf schlief, umso ruhiger, als das gleiche Dokument bei den Maîtres Locone & Locone junior schlummerte, Notaren in Paris. Henri Cresson legte die Bögen auf sein Bett, zog sich aus und begann das Testament zu überarbeiten.

* * *

Tags darauf fuhr Fanny zum Einkaufen, nicht nach Tours diesmal, sondern gleich nach Orléans, wo sie nun gar keiner kannte. Sie kaufte eine *Entfremdung der Gesellschaft. Das Gesetz und die Geisteskrankheit* und diverse andere Bücher, die sie in einem Café durchblätterte, bevor sie zur Cressonnade zurückfuhr. Sie unterstrich einige Seiten darin und legte sie bei ihrer Rückkehr auf Ludovics Bett. Als sie durch das Zimmer ihrer Tochter ging, erschauerte sie beim Anblick all ihres Komforts, ihres Luxus, des raffinierten Schnickschnacks, den sie aus Paris mitgebracht hatte. Ludovics Zimmer in der Etage darunter war dagegen das Zimmer eines Soldaten und schien wie unbewohnt, obwohl er darin gelebt hatte und noch lebte. Und schon hörte sie wieder den Ton, in dem ihre Tochter von Ludovic sprach, der ja immerhin ihr Ehemann war, mit dem sie geschlafen und mit dem sie gelebt hatte und den sie heute behandelte wie einen wertlosen Gegenstand, obwohl sie doch die Reize des Liebenden kannte.

Sie hatte ein Essen mit einer alten Freundin in Orléans vorgeschützt, um fahren zu können, was generell

Verdacht erregte: bei Philippe, weil er überall Lügen witterte, bei Ludovic, weil sie ihm fehlen würde und weil jede Lüge von Fanny zwangsläufig grausam für ihn gewesen wäre, und bei Henri, der sich nicht vorzustellen vermochte, was sie weiter weg als in Tours zu tun haben könnte.

In Fannys Abwesenheit ging Ludovic gegen zwei Uhr nachmittags in ihr Zimmer hinauf und trat geradewegs auf ihr Bett zu. Sie hatte es geglättet und die Decke drübergezogen, und erst als er sie aufschlug, sah er den aufgewühlten Stoff, die Knitterfalten, die Spuren ihrer langen Nacht. Die Fensterläden waren offen, und einzelne Kleidungsstücke von Fanny lagen verstreut herum, so auch ihr Nachthemd im Bad: Blassrosa, lang und zerknautscht, hing es über einem Stuhl, und es schien Ludovic, als warte es auf ihn, wie niemals ein Nachthemd auf ihn gewartet hatte noch jemals warten würde. Er schmiegte es an seine Wange, dann vergrub er sein Gesicht darin.

Er schrak auf, als jemand hinter ihm hustete. Er wandte sich um, es war Martin. Martin mit seiner unbewegten – oder, wie manch einer fand, blöden – Miene. Seltsamerweise hatte Ludovic im Laufe der Jahre, und auch des Schweigens zwischen ihnen, den Hausdiener schätzen gelernt als ein harmloses und darum von den anderen Familienmitgliedern verschiedenes Wesen. Sie sahen einander lange an, und Ludovic bedauerte, dass er sich sein Gefühl so hatte anmerken lassen, seine »Schuld« so offen zugegeben hatte, aber es war zu spät, und so legte er das Nachthemd sacht wieder auf den Stuhl zurück.

»Ein hübscher Stoff«, sagte der Butler wie mit Bedauern, als wenn er wirklich gern denselben gehabt hätte.

Dass der hilflose Martin derart nostalgisch empfinden könnte, brachte Ludovic unwillkürlich zum Lachen. Er nahm das Nachtkleid wieder hoch und hielt es vor dem Spiegel Martin vor die Brust, der mit seinem kahlen Schädel und seiner feierlichen Miene auch in Rosa nicht anziehender wirkte. Nachdem er sich einen Moment betrachtet hatte, ohne dass sich in seinem Gesicht irgendetwas regte, gab Martin Ludovic das Objekt seiner Träume zurück.

»Es wird toll aussehen«, sagte er zu dem überraschten Ludovic.

Noch hatte dieser das schwere, blumige Parfum nicht wahrgenommen, das der Anwesenheit seiner Stiefmutter, wo immer sie sich befand, vorausging wie die Fanfarenklänge in *Aida*. Sie erschien, in einen Morgenmantel mit Rankenmuster gehüllt, im Türrahmen, gefolgt von ihrer stämmigen Tageskrankenschwester, die diesen Auftritt sichtlich missbilligte.

»Wer von Ihnen beiden gedenkt sich in diesen Pastellton zu kleiden?«, fragte Sandra, ohne eine Miene zu verziehen. »Geht es um den Empfangsabend?«

Ludovic und Martin beeilten sich, sie zu beruhigen.

»Aber nicht doch, niemand … Es war ein Spaß! Ich sagte gerade zu Martin, in diesem Farbton müsse er bei seiner Taufe doch ganz niedlich ausgesehen haben. Was er übrigens immer noch ist, mit seiner Unschuldsmiene …«

Ludovic war nicht zu bremsen, und Sandra warf einen einzigen, raschen Blick auf ihren Majordomus, um festzustellen, dass kein alberner Scherz das Bild des verstockten Knaben getrübt hatte, als den sie ihn kannte.

»In jedem Fall wird er wohl in Blau getauft worden sein, denke ich. Er war schließlich immer ein Junge, Unschuldsmiene oder nicht. Also gut …«, sagte sie aufseufzend und, zu Ludovic gewandt: »Deine Schwiegermutter ist weggefahren?«

»Meine Schwiegermutter?«, fragte er verwundert.

»Ja, deine Schwiegermutter! Nicht ich, sondern Fanny, die Mutter deiner Frau Marie-Laure …«

»Ach so …«, Ludovic lächelte, »ja natürlich.«

Er versuchte, von Martin gedrängt, aus dem Badezimmer herauszukommen, aber seine Stiefmutter blockierte den Ausgang. Ihre Gesichtsröte, obwohl in den letzten drei Tagen etwas schwächer geworden, erinnerte immer noch mehr an die Bilder der Fauvisten als der Impressionisten.

»Fanny, ja natürlich … Fanny. Merkwürdig, ich dachte an sie nicht wie an eine Verwandte«, sagte Ludovic.

»Gestatten Sie, Madame«, schaltete sich der Diener ein, der unwägbare Gefahren heraufziehen sah und an der Tür angekommen war.

»Warum haben Sie es so eilig, Martin? Wollen Sie mir nicht erklären, der eine oder der andere, was Sie mit all diesem Rosa vorhaben? Na, dann eben nicht! Dieses Zimmer sieht ja reichlich leer aus …«, schloss sie mit einem missbilligenden Kopfschütteln. »Ich weiß, die arme Fanny hat in Paris keine hundert Quadratmeter für sich, aber in diesem Zimmer hier und bei all den Möbeln, die ich ihr angeboten hatte! Nun ja …«

12

Der Himmel war inzwischen blassblau geworden, und tags darauf zeigte er sich in tiefem Azur. Sandras Gesicht hatte Schattierungen von Dunkelblau angenommen, die eher an Spuren von Prügeln erinnerten als an rohes Fleisch. Aufgeheitert von diesem weniger blutigen Anblick ihres schönen Profils, hatte sie für den Nachmittag eine Partie Bridge angeordnet und dazu Fanny und Marie-Laure in ihr Zimmer gebeten (die Herren des Hauses waren fanatische Bridge-Gegner). Wobei diese beiden eher schlechte Spielerinnen waren, da seit Jahren aus der Übung. Vierte Mitspielerin war die »Königin« – die man bei ihrem richtigen Namen, Madame de Boyau, nannte, »den sie einem Großonkel Ludwigs XVI. verdankte«, erklärte Sandra, »und der sie schließlich auch vor der Guillotine bewahrte«, fügte sie hinzu.

Ludovic, der gern aufs Land gefahren wäre, sah sich Fannys Gesellschaft beraubt. Die drei Bridge-Spielerinnen hatten sich auf Sandras Bett niedergelassen, wobei Sandra, an ihre Kissen gelehnt, zweifellos in der vorteilhafteren Position war gegenüber ihren Partnerinnen, die sich nur schräg zu ihr lagern konnten. Ludovic, der, um sich zu beruhigen, Tennis gegen die Hauswand spielte, schoss natürlich einen Ball in Sandras Fenster, das dabei zu Bruch ging wie auch ihre entzückenden kleinen Hugenottenfiguren. Empörtes Geschimpfe seitens Sandras und der armen Königin, deren Frisur nun zerstört war, eine Rüge vonseiten seiner Frau, dazu der amüsierte Blick von Fanny, der ihn für alles Weitere entschädigte. Er machte sich auf in den Wald, während Henri noch immer seelenruhig Siesta hielt.

Die Partie ging ohne weiteren Zwischenfall weiter. Die Königin spielte dieses Spiel Tag und Nacht und pflegte in der Regel, beladen mit ihren Gewinnen, in die schöne Villa ihres Gemahls, eines gewissen Villabois, heimzukehren, was ihr wie eine letzte Etappe vor dem Thron erschien. Sie dachte folglich, dass die beiden unerfahrenen Pariserinnen ihr locker den Sold ihrer Schweizer Garde einbringen würden. Marie-Laure und Fanny spielten zusammen in einer Mannschaft, Sandra und die Königin bildeten die andere. Aber nun ergab es sich während dieser königlichen Partie, dass Fanny zwei Stunden lang ein so hervorragendes, definitiv entscheidendes Blatt ausspielte, das Ihre Hoheit nicht hinnehmen konnte; zornbebend versuchte sie, das Spiel wieder an sich zu reißen, vergeblich.

Gegen acht Uhr abends, während Sandra ihren Verlust in sich hineinmurmelte, zählte Marie-Laure in aller

Offenheit und mit sichtlicher Freude die Gewinne ihrer Mutter und ihre eigenen.

»Mein Gott«, sagte Fanny, »was für ein wunderbares Spiel! Jetzt habe ich drei Pariser Monatsmieten in der Tasche, und das alles mit einer Treff-Dame« – womit sie ihren letzten spektakulären Coup meinte.

Die Königin, die nun nicht nur im Exil, sondern auch noch ruiniert und enttäuscht war, zahlte mit säuerlicher Miene, verabschiedete sich und ging sehr bald.

»Bei ihrer Krönung werden wir bestimmt nicht unter ihren Ehrendamen sein«, sagte Fanny belustigt.

»Nicht ich hatte ja dieses unverschämte Blatt«, sagte Sandra.

»Nein, aber dennoch ist es 10 000 Franc wert«, stellte Marie-Laure klar, angesichts des Zögerns ihrer Stiefmutter, ihre Schulden zu begleichen. So dass diese es wohl oder übel tun musste. An Fanny gewandt, fügte Marie-Laure hinzu:

»Übrigens, ich danke dir, Mutter, als Partnerin hast du mich heute wunschlos glücklich gemacht.«

»Glück im Spiel, Unglück in der Liebe«, knarrte Sandra giftig.

Was bei Ludovic Cressons zweiter Schwiegermutter einen schrillen Lachanfall auslöste, dessen Gründe keine ihrer Mitspielerinnen kannte. Sie musste sogar Hals über Kopf aus dem Zimmer rennen und sich die Treppe hinauf in ihr eigenes Refugium retten.

* * *

Ludovic klopfte an ihre Tür, noch bevor die Glocke zum Abendessen ertönte. Sie hatte gesehen, dass er über den juristischen Büchern, die sie ihm mitgebracht hatte, eingeschlafen war. Sich das Leid anzuhören, das man ihm angetan hatte, schien als Aufgabe an ihr hängen zu bleiben, und das machte sie für einen Augenblick ziemlich mutlos. Da sie ihr Leben lang beschützt gewesen war und seit Quentins Tod für ihre eigene Existenz geradestehen musste, wenn auch gewiss nicht ohne Schwierigkeiten, konnte Fanny sich nicht vorstellen, dass sie außerdem noch die Rechte dieses erwachsenen Jungen verteidigen sollte, der dies sicher eines Tages würde tun müssen. In der Geistesverfassung dieser Familie lag eine Bedrohung, die schlimmste überhaupt: unter einem x-beliebigen Vorwand zurückgeschickt zu werden in eine jener Höllen der Stille und des Schweigens, aus denen er kam. Vermutlich deshalb mied er ihren Blick und jedes Thema, das ihn an den bevorstehenden großen Abend erinnerte. Einen Abend, der ihm Angst einflößte allein durch die Zahl der Gäste, von Unbekannten also, die bereit wären, über ihn zu urteilen, bereit, jedwede von Sandras Machenschaften gegen ihn zu unterstützen. Die Gleichgültigkeit seines Vaters war für ihn wenig beruhigend.

Fanny wurde verzweifelt klar, dass selbst wenn Sandra wieder auf die Beine käme, ja selbst wenn ihr Teint wieder eine zartrosa Farbe annehmen würde, sie nicht von ihrer eigenen Verpflichtung entbunden war, diesen unpassenden, unzurechnungsfähigen und wehrlosen jungen Liebhaber zu schützen. Die einzige Energie, die Ludovic beseelte, war seine Leidenschaft für sie, und auch die musste er mit dreißig Jahren noch verbergen wie ein Lausbub. Fanny, die edle Fanny, die untadelige Fanny sah sich plötzlich in eine unglaubliche bürgerliche Komödie verwickelt, an der sie mit schuld war.

Dennoch nahm sie sich die Zeit, Ludovic mit dem Bericht von der Partie Bridge zu erheitern, und da sie ihn zum Lachen brachte, musste sie am Ende selbst aus vollem Halse lachen. Was sie sich gleich danach auch schon wieder verübelte: Aber ihre Empfindungen waren nie von Dauer gewesen, sie war immer von einer Stimmung in die nächste gekippt, und ihre einzigen verlässlichen Gefühle waren glückliche gewesen. »Eben das macht ihren Charme aus«, pflegte Quentin zu sagen.

Und dabei wusste sie noch nicht einmal, dass sie die Leidenschaft des »kreisenden Geiers«, des Hausherrn, des Vaters ihres Liebhabers geweckt hatte und diese wenigen Wochen, die sie einer Verpflichtung gewidmet hatte, sie zu einer Femme fatale machten. Dass das Ganze in Tours geschah und nicht in Paris, verlieh ihm etwas Irreales. Doch dieser Eindruck von Absurdität, das wusste sie, täuschte gewaltig.

Fanny und Ludovic erschienen als Letzte bei Tisch. Sie kamen scherzend die Treppe herunter, seine Hand hielt den Ellbogen der Schwiegermutter umfasst, wie um zu demonstrieren, dass er sich verantwortlich für sie und als ihr Beschützer fühlte. Die Tischrunde, die ihr spätes und so entspanntes Erscheinen tadelte, warf ihnen einen argwöhnischen Blick zu, der einiges Schuldgefühl bei ihnen hätte auslösen können. Fanny kämpfte eine Sekunde lang mit einem Lachanfall, was als sehr ungehörig empfunden wurde in diesem Speisezimmer, wo außerdem der Hund Ganache sich still und heimlich unter Ludovics Stuhl ausgestreckt hatte.

»Sie sind die Letzten!«, rief Henri in aller Deutlichkeit, gleichwohl erhob er sich vor Fanny. »Philippe, wissen Sie, ob Ihre Schwester, meine Frau, im Lauf des heutigen Tages ein wenig an Farbe verloren hat?«

»Sandra ist überhaupt nicht mehr rot«, sagte Fanny beruhigend. »Sie ist eher blass geworden, ja sogar ein wenig bläulich, und morgen …«

Sie hörte sich reden und wunderte sich über ihre Worte.

»… und morgen, wenn es Ihnen tatsächlich gelungen ist, die unverschämte Mogelei meiner Frau und unserer armen Königin zu vereiteln, wird Sandra gelb aussehen …«

»Die Spielregeln in diesem Haus erscheinen mir nicht sehr verlässlich«, kommentierte Philippe. »Gott sei Dank weiß ich, wovon ich rede. In meinen jungen Jahren habe ich einmal eine ganze Nacht mit Jack Warner Poker gespielt, dem King des amerikanischen Films und Poker-König von Hollywood. Habe ich das schon mal erzählt?«

Und ohne auf die Antwort zu warten – von der er im Übrigen wusste, dass sie negativ ausfallen würde, denn er erfand die Geschichte gerade erst in diesem Moment –, fuhr er fort:

»Da waren die drei Haie in Sachen Film, die drei Bosse von Hollywood, die mich an ihrem Tisch nur zugelassen hatten, weil sie untereinander gewettet hatten, wer von ihnen dreien mich erledigen und mich bis auf den allerletzten Dollar ausnehmen würde. Ich ging vielen Leuten auf die Nerven, damals in Hollywood. (Er lachte.) Ich wollte keine Rollen, ich war nur mal wieder in eine sehr schöne, allerdings völlig mittellose Frau verliebt, und schließlich hatte ich ja mein eigenes Geld. Kurz …«

Dieses »Kurz« war für ihn ein Wort ohne alle Bedeutung, aber Philippe wurde in seinem Redestrom unterbrochen von Ganache, dem Ludovic, als er aus Langeweile wohl zum zehnten Mal seine Beine streckte, einen leichten Tritt versetzt hatte. Aufheulen des Tieres, allgemeine Bestürzung, Unterbrechung der Anekdote. So erklärte sich vermutlich die unerwartete Reaktion von Henri Cresson.

»Oh, was für ein schöner Hund. Wo kommst du her? Hast du uns erwählt, ohne dass wir es wissen? Du hast recht: In diesem Haus lebt es sich gut, nicht wahr, Fanny?«, fragte er sie mit einem verführerischen Lächeln, das sie erstarren ließ.

»Es ist das beste Haus, das du finden konntest«, erwiderte Fanny und streichelte Ganache, der vor Freude mit dem Schwanz wedelnd um den Tisch lief, um sich jedem Einzelnen vorzustellen.

Philippe und Marie-Laure mied er ausdrücklich, als wenn er ihre Gleichgültigkeit hätte wittern können, und verweilte sinnigerweise zu Füßen des Hausherrn. Sinnigerweise insofern, als dieser nach seiner ersten Erleichterung und seinem *satisfecit* bereits das Protestgeschrei von Sandra zu hören meinte, die um ihre Nippesfiguren fürchtete, vor allem die tonnenschweren Exemplare.

Aber schließlich lasse ich mich ja scheiden, dachte er, und Fanny scheint Hunde zu mögen. Was für eine Frau! Ach, was für eine Frau!

Er sah Ganache an, und die Freude und Zuneigung, die er in den Augen des Tieres las, lösten eine so viel angenehmere Empfindung in ihm aus als die ständige Rücksichtnahme auf Sandras strengen Blick. Ach, was war er doch allein gewesen in diesem Haus, dachte er. Selbstmitleid ließ ihm ungewohnte Tränen in die Augen steigen.

»Was für ein guter Hund …«, sagte er und beugte sich über das Tier, um sie zu verbergen. »Wie heißt du denn? Wie heißt dieser Hund, Martin?«, brüllte er plötzlich, um wieder Contenance zu zeigen, und dies mit der gleichen Unaufrichtigkeit. »Sein Name? Sagen Sie mir nicht, Sie lassen ein unbekanntes Tier unter mein Dach!«

»Ganache, Monsieur«, antwortete Martin kalt.

Nach dieser förmlichen Vorstellung brach Fanny

in ein hemmungsloses, schallendes Gelächter aus. Ein Lachen, so schien ihm, das seit ihrer Ankunft in ihr gelauert hatte, ein Lachen in diesem strengen, mondänen Salon von La Cressonnade, der im Mittelalter unter einer solchen Blasphemie eingestürzt wäre.

Martin ging in die Küche zurück, er empfand es als Skandal, dass sein Herr sich von einem schmutzigen, hergelaufenen Hund hatte rühren lassen. Zum ersten Mal, seit er in dieses Haus gekommen war, dachte er voll Dankbarkeit an Sandra, die Ganache rausschmeißen würde.

Aber ihm blieb keine Zeit, noch weiter über Sandras Vorzüge nachzudenken, denn schon beorderte die gebieterische Stimme von Henri Cresson ihn ins Speisezimmer zurück, und zwar, wie in manchen Zeichentrickfilmen, mit dem Dessert in der Hand. Die Tischgesellschaft zeigte erste Anzeichen von Müdigkeit, selbst Henri Cresson (obwohl Fannys unbändiges, ansteckendes Lachen alle ein wenig entspannt hatte). Der heiratswillige »Geier« fühlte sich jedenfalls nicht in der Lage und auch nicht in der Stimmung, Fanny noch an diesem Abend seine bevorstehende Scheidung und ihrer beider Hochzeit anzukündigen.

Seine Rührung angesichts von Ganache hatte ihn aus dem Konzept gebracht. Dazu die Müdigkeit, die diversen Gläser, die er getrunken hatte, seine Nerven, die königliche Partie Bridge, das plötzliche Auftauchen des Hundes und schließlich die Geschichte mit dem

Pokerspiel bei Warner, die man sich wohl oder übel hatte anhören müssen. Aber da sie ohne Schluss endete, hatte man vergessen, Philippe zu seinem Hollywood-Triumph zu applaudieren, immerhin schien jeder irgendwie erschöpft.

Henri zündete sich also eine Zigarre an, und er ahnte, dass es die letzte des Tages sein würde. Philippe rauchte nicht, und Ludovic hatte von seinem letzten Aufenthalt in der Psychiatrie merkwürdige, zweifellos für die Patienten bestimmte Zigaretten mitgebracht, die entweder nach Eukalyptus oder nach Marmelade rochen. Die wenigen Auserwählten, die sie probieren durften, rauchten sie bis zu Ende, aber nahmen sich nie wieder eine.

Nein, Henri würde den nächsten Tag abwarten, um Fanny ihre Zukunft mitzuteilen. Dennoch küsste er ihr inbrünstig die Hand und flüsterte ihr ins Ohr: »Alles wird gut!«, worüber sie sich als echte Dame von Welt zu wundern schien.

»Guten Abend«, sagte er. »Halt, was ich völlig vergessen habe«, fügte er, an Ludovic gewandt, hinzu: »Es heißt, du hast das Fenster deiner Schwiegermutter eingeschlagen.«

»Er hätte fast die Königin zerschnitten«, lachte Fanny. »Wir hätten sie neben Sandra gelegt, Rot und Weiß …«

»Und wer hat mich verpfiffen?«, fragte Ludovic auf einmal mit gerunzelten Brauen.

Martin setzte eine fromme Miene auf und sah zu Philippe hinüber.

»Ich habe geschlafen«, sagte dieser voll Herablassung.

»Also?« Ludovic ließ nicht locker.

Marie-Laure wurde rot vor Wut und Scham. Schon auf dem Collège hatte sie gepetzt und auch auf dem Lycée Suffren, wo sie von ihren Mitschülern in einem Fall von Denunziation geächtet worden war.

»Was meinen Sie«, lenkte Fanny rasch ein, »das kleine Orchester von Tours käme gern, um auf unserem Empfang zu spielen.«

Henri zuckte die Schultern.

»Finden Sie die Musiker denn passend für den Zweck? Ansonsten könnte ich aus Hollywood oder Las Vegas auch eine Truppe kommen lassen, die die moderneren Sachen draufhat. Bei Philippes Verbindungen dahin.«

»Ich halte die Musiker aus Tours für durchaus angemessen«, sagte Ludovic, »ich habe sie mir gestern angehört.«

»Und ich«, donnerte Henri nun, »hatte sie mal ins Werk kommen lassen, sie haben im Sitzungssaal gespielt, sehr gut und richtig und mit viel Schwung.«

»Zu viel Schwung sollten sie aber nicht haben, sonst bricht die Venus von Milo zusammen«, Fanny lächelte. »Sie zittert schon beim leisesten Windhauch. Das wäre gefährlich für die Gäste. Vielleicht ist es ihr Arm, der sie immer aus dem Gleichgewicht bringt.«

Sie sorgt sich um alles, dachte Henri gerührt.

»Ich kann nicht folgen«, sagte Marie-Laure gereizt.

»Die gute Frau hat nur einen Arm, wussten Sie das nicht?«, fragte Philippe vergnügt.

Sie stand auf.

»Doch, das wusste ich. Hören Sie auf, mich andauernd belehren zu wollen, Philippe.«

Und obwohl Fanny und auch alle anderen lächelten, verließ Marie-Laure, die überaus empfindlich war, was ihre geringe Bildung anging, beleidigt den Raum.

»Es scheint, deine Frau ist von ihrem Sockel gestürzt«, bemerkte Henri zu seinem Sohn. »Komm mit mir, Ganache, denn wenn wir mit einem Hund durch Sandras Zimmer gehen, gibt's Ärger.«

Gott sei Dank bin ich bald geschieden, dachte er. Und Ganache auf den Fersen, stieg er die Treppe hoch.

Ganache wäre lieber mit Ludovic gegangen oder mit dieser sanften, so gut riechenden Frau, aber Henris bedrohliche Autorität war das stärkere Argument für einen Hund, der andernfalls im Regen übernachten musste.

So blieben Ludovic und Fanny eine Weile allein, bevor sie beide unerklärlicherweise wieder in Lachen ausbrachen. Sie gingen in den Garten hinaus, setzten sich auf die am weitesten entfernte Bank, wo sie sich ein wenig beruhigten. Bald stieß auch Philippe zu ihnen, und sie sahen, wie in Henris Zimmer das Licht ausging. Im selben Augenblick leuchtete Sandras Fenster wieder auf. Da saßen die drei im Dunkel und beobachteten die Szene fasziniert, entzückt und ausgelassen. Das Leben war wieder lebenswert geworden. Sie tauschten einen herzlichen Blick miteinander, ohne alle Rührung, einen von Philippes Seite beinahe nachsichtigen Blick.

»Was, wenn meine Schwester Ganache entdeckt …«, sagte er.

13

Genau in diesem Augenblick ließ Ganache, der auf dem Gipfel der Glückseligkeit war, sein erstes Gebell in der Nacht hören. Ihr Gelächter darüber löste unter den Hunden der Nachbarschaft großes Echo aus, das sich noch erheblich steigerte, als das Wutgeschrei eines menschlichen Wesens von weiblichem Geschlecht ertönte. In dieser entspannten Situation sah Philippe, wie Ludovics Hand auf Fannys Hüfte ruhte. Beim ersten Bellen von Ganache also hatte er alles begriffen.

Philippes Intuition, was die Beziehung zwischen Ludovic und Fanny anging, erschien ihm umso überzeugender, als allein seine Einfältigkeit und die Lust auf dramatische Verwicklungen sie ihm enthüllt hatten. Diese Hand von Ludovic, die sich auf die Hüfte seiner jungen Schwiegermutter just in einem Moment allgemeiner Heiterkeit verirrt hatte, war ihm ein eindeutigeres Zeichen gewesen, als selbst der obszönste Austausch flüchtiger Zärtlichkeiten es hätte sein können. Die Leute, das Publikum, die Gesellschaft, kurz, die anderen vertrauen ihrer Intuition umso mehr, wenn sie vage ist und von ihren üblichen

Eindrücken oder Fantasievorstellungen abweicht: Ein Kuss auf den Mund am helllichten Tage kann als Scherz gedeutet werden, nicht aber ein geflüstertes Wort in der Nacht. Im Fernsehen oder im Kino erlebt man zum Scheitern verurteiltes Glück in seiner unvorstellbaren Härte. Im wirklichen Leben zieht man die Überraschung dem Erfahren und erst recht dem Verstehen vor. Sehr oft empfindet man die falschen Eindrücke viel schärfer als die wahren, so als umgäbe die falschen der Widerwille gegen die Lüge und machte sie gerade durch ihre Unwahrscheinlichkeit umso unabweisbarer.

Was Fanny empfand, als sie Philippes Blick kreuzte, hätte sie ebenso ehren wie beschämen können. In jedem Fall wurde ihr klar, dass sie im Geiste nun auf immer mit Ludovic verbunden war, und sie hatte weder die Kraft noch die nötige Empörung, es zu leugnen. Der Himmel hellte sich auf oder erlosch, um sie herum erschien alles in einem falschen, verräterischen und exakt ausgerichteten Licht.

Die Wahrheit lag dort: zwischen Ludovics Tweed und ihrem Seidenkleid. Dieser Blick enthüllte die sexuelle Wahrheit, die zwischen ihnen schwelte und die sie nicht sehen wollte: Quentins Tod, ihre seltenen Liebhaber, Strandbegegnungen, Flirts oder Vergnügen, all das war seither verblasst. Und nun kam dieser fehlgeleitete Mythomane daher und brachte sie dazu, ihr Begehren, ihre heftige Zuneigung für einen Jungen zuzugeben, der sich unsterblich verliebt in sie glaubte, dabei hatte sie selbst ihn nie so betrachtet.

Ein Junge, der mit dem Mut einfacher Menschen liebte, was er begehrte, eingestand, was ihn bewegte, und sich ihm widerstandslos ergab. Mit einer Naivität, zu der in diesem Jahrhundert niemand mehr – oder doch nur wenige – in der Lage, mutig oder schlicht genug war.

Philippes Lachen war verstummt. Ludovic dagegen wirkte auf mysteriöse Weise aufgerüttelt, sein Lachen war offener geworden, ernster, männlicher, weicher. Und ihres, wie stand es um ihr eigenes Lachen? Es kam ihr mondän vor, verlogen und ohne jugendlichen Schwung, ohne alle Ähnlichkeit mit dem ihrer beiden Zeugen. Es kam Fanny dünn und lächerlich vor, wie ihr eigener Körper. Nicht Frivolität oder Verrücktheit warf sie sich vor, sondern Feigheit. Dieses neue Lachen, diese neue Stimme von Ludovic bedeutete Männlichkeit – Stärke, Entschlusskraft, und ja, auch Leichtsinn –, sie war aber nur der Preis seines Begehrens, keinesfalls seine Natur und schon gar nicht eine Maske.

* * *

Was ursprünglich ein langer, fröhlicher Abend hätte werden können, reduzierte sich dank der falschen Schlüsse von Philippe und der richtigen von Fanny auf eine Viertelstunde.

Ludovic war der Einzige, der sich wohlfühlte. Selbst Fannys Rückzug von seiner Schulter hatte ihn nicht entmutigt. Etwas in Fannys Verhältnis zu ihm hatte sich bestätigt, zu erkennen gegeben. Fanny hatte ihre Gefühle verstanden und sich zu ihnen bekannt, sie hatte sich seiner Tweedjacke entzogen wie einem Kokon, in dem man sich gleichwohl von jeher geborgen fühlt. Zum Blick seines Schwagers – oder Stiefonkels, also zu Philippes Blick – stellte er keinerlei Verbindung her, Philippe war in seinen Augen nur der Langweiler und Hochstapler, dessen Wort allerdings bei Sandra einiges Gewicht hatte. Ein Spinner, ein Lügner, aber im Grunde kein schlechter Typ.

Ludovic hatte eine ganze Reihe von aus der Mode gekommenen Ausdrücken auf Lager, die er in seinen Internatsjahren erworben, in Pariser Diskotheken weiter gepflegt und in den psychiatrischen Kliniken später seltsamerweise immer noch angetroffen hatte. Er sagte zum Beispiel »netter Kumpel«, ja sogar »Pfundskerl«. Er sagte: »Ist das ein Bild von Frau«, wenn er auf ihre äußere Erscheinung anspielte, oder: »Das ist eine echte Type«, wenn er seinen Industriellenvater meinte. Es war schon lange her, dass er irgendetwas Zusammenhängendes über Marie-Laure, seine Frau, gesagt hätte, aber in der Zeit ihres Kennenlernens war sie immerhin ein »Prachtstück« gewesen. Sandra war als Frau »recht farblos«. Allein Fanny entzog sich jeder Charakterisierung durch ein Adjektiv, jeder sonstigen Einschätzung, jeder Diskussion. Ein Stillschweigen, das in diesem Fall für sich sprach.

Abends, in jenen seltenen Augenblicken instinktiver Annäherung, die die bedrückende und unheilvolle Anwesenheit einer Hausherrin von ihrem Kaliber zuließ, gaben sich »die Kinder«, wie Sandra sagte, wenn sie von Ludovic, Marie-Laure, Philippe und Fanny sprach, in der Regel einen Wangenkuss. Angst, Unverständnis, aber auch Solidarität, wie sie aus ahnungsloser Kindheit erwachsen sind, können selbst ältere Menschen noch zusammenführen. Nur dass Philippe an diesem Abend, statt Fannys Wange zu küssen, ihre Hand küsste, denn Fanny war, was sie in seiner Achtung steigen ließ, schuldig geworden an einem Drama, das ihm in dieser Gegend, die einen mit ihrem Komfort und ihrer Langenweile erschlug, geradezu unverhofft entgegenkam. Fanny wiederum zeigte, als sie die unrasierte Wange ihres jungen Schwiegersohns küsste, eine Steifheit, die jedermann auffallen musste. Für Philippe ein weiterer Beweis ihrer Schuld und für Ludovic die Gelegenheit, seinen Mund auf die zarte Wange von Fanny zu drücken, die nach jenem Parfum duftete, das er zum ersten Mal auf dem Bahnhof von Tours gerochen hatte und das ihm seitdem als das einzige weibliche Parfum auf dem Markt erschien.

Ludovic fühlte sich an diesem Abend ganz besonders jung, glücklich, verliebt, und da seine Empfindsamkeit wie weggewischt war, erschien ihm auch seine Blindheit in der Liebe weniger endgültig als sonst. Und dann sein Lachen. Das Lachen ist nur dem Menschen eigen, hatte mal jemand gesagt, und in der Tat, nichts macht Moral lächerlicher oder wirkt vernichtender auf sie als das Lachen. Er nahm seinen Arm von Fannys Taille, die er unbewusst umfasst hatte, und legte ihn um ihre Schultern. Er stand ihr zugewandt, neigte sich zu ihr hin, ihr Gesicht war sehr nah an seinem. Wenn sie ihn nicht zurückdrängen oder selbst in einer abrupten Bewegung zurückweichen wollte, und wenn sie nicht mit der Stirn oder dem Kinn aneinanderstoßen wollten, musste sie den Kopf beim Anheben leicht drehen und sich seitlich auf den Mund küssen lassen. Was Fanny aus ästhetischer Erwägung erlaubte und Ludovic ganz natürlich tat, immer unter dem feindseligen Blick von Philippe, der zwar die Rolle eines Psychospions durchaus schätzte, nicht aber die eines verschmähten Zeugen. Der Kuss fiel im Übrigen sehr kurz aus, denn Fanny machte auf dem Absatz kehrt und sagte mit eisiger Stimme: »Oh, Pardon!« Philippe folgte ihr leise pfeifend und mit spöttischer Miene. Und Ludovic folgte Philippe.

14

Sandra Cresson meinte, das Gebell eines Hundes und das Klick-Klack von vier Pfoten neben dem gebieterischen Schritt ihres Ehemanns zu hören, der ihr Zimmer durchquerte. Die Vorstellung eines Hundes in ihrem Louis-quinze-Gemach löste instinktiv ein albernes Kichern bei ihr aus.

»Wissen Sie, Henri«, sagte sie, »ich glaube, ich werde verrückt.«

Henris Stimme aus dem Nebenzimmer:

»Ach ja? …«

Es klang weder erstaunt noch wütend. Der gute Mann war einfach gleichgültig. Sandra richtete sich auf ihrem Kopfkissen auf.

»Ich habe einen Hund bellen und sogar durch mein Zimmer laufen hören«, sagte sie und brach in Lachen aus.

»So, so …«

»Sie würden es mir doch sagen, wenn …«

»Halt den Mund, halt verdammt noch mal den Mund«, rief Henri. »Hierher! Bleib im Bett und halt den Mund!«

Sprachlos über den Ton und das Du, schwieg Sandra, in der Tat schwer gekränkt.

»Entschuldigen Sie«, ließ sich die atemlose Stimme von Henri wieder vernehmen, aber … »Hierher, sage ich, hierher!«

»Mein Gott, Henri, Sie wissen doch, dass ich nicht laufen soll …«

»Aber wer verlangt das denn von Ihnen? Ach, entschuldigen Sie, Sandra, ich bin fix und fertig, ich werde heute Nacht bestimmt Albträume haben. Ich mach lieber die Tür zu, damit Sie ruhig schlafen können …«

Und die hochheilige Tür, die immer offen stand und über ihrer beider Einsamkeit wachte, schlug mit lautem Krachen zu. Es folgte das Klick-Klack von kurz zuvor, ein ersticktes, ihr unerklärliches Klick-Klack, es sei denn, Henri hatte nun auch noch mit Steppen angefangen. Aber war ihm nicht alles zuzutrauen?

15

Fannys offen stehendes Zimmer, das jeden Tag gelüftet wurde und in dem die verschiedensten schönen Kleidungsstücke großzügig über den Teppich verstreut lagen, hatte einen ländlichen Geruch angenommen, einen Duft von Gras, und die großen Blätter der Platane schlängelten sich dreist durch die offenen Läden herein. In den Nächten sah Marie-Laures Mutter auf einen dunkelblauen Himmel, über den die Sternschnuppen jagten, während die feuchte Erde sie wie mit einer Liebkosung umschlang.

Philippe hatte Fanny bis zu ihrer Tür gebracht und küsste ihr die Hand mit einem feinen Lächeln, das sie erboste. Er insistierte nicht, morgen war auch noch ein Tag für solcherart Komödien. Sie schritt durch ihr Zimmer, warf sich im Spiegel einen nervösen, gereizten Blick zu, dann lehnte sie sich ans offene Fenster. Das Laub der Platane umhüllte sie, weich und rau zugleich wie das Jackett von Ludovic … des maliziösen, zu allem bereiten, einhüllenden Ludovic … dieses Grünschnabels, der in einer halben Sekunde zum

Mann geworden war, als er sie daran gehindert hatte, sie, Fanny, mit all ihrem Geschick, dieser Schulter aus dem Weg zu gehen, diesem Arm und diesem Schritt vor oder zurück, diesem ungraziösen Zurückweichen, mit dem sie seinem Mund entflohen war. Und anstatt sich auf andere Weise dem aufdringlichen Blick von Philippe zu entziehen, hatte sie sich an ihren verliebten, unglückseligen Schwiegersohn gelehnt! Indem er sie losließ, hatte er noch einmal ihr Gesicht gestreift, und wenn nicht dieser Idiot von Philippe so dicht neben ihnen gewesen wäre, würden sie beide vielleicht immer noch unter dem betörenden Septemberhimmel stehen.

Es klopfte. »Herein«, sagte Fanny laut, in der Annahme, es wäre Philippe oder Henri oder Sandra mit irgendeinem ihrer idiotischen Einfälle. Wer aber mit großer Dreistigkeit eintrat, war Ludovic, einen Finger auf dem Mund wie ein Komplize. Empört senkte sie dennoch den Ton:

»Was wollen Sie hier? Sind Sie gekommen, um mir zu erklären, durch welchen Zufall …?«

Sie hielt inne, es kam ihr plötzlich lächerlich vor, einen jungen Mann abzukanzeln, der über dreißig war, obwohl sie an Ludovic ja nie wie an einen Mann gedacht und nie mit ihm wie mit einem Mann gesprochen hatte. Mit wem hatte sie das überhaupt je getan, außer mit Quentin? Quentin würde lachen, wenn er sie hier sähe in ihrem zerknüllten Kleid, wie sie, auf ihren guten

Ruf bedacht, mit einem jungen Kerl sprach, der gerade aus der Klapsmühle gekommen war.

Ludovic hatte sein Tweedjackett überm Arm, und wie er da mit zerzausten Haaren und glänzenden Augen vor ihr stand, wunderte sie sich, dass sie seine Schönheit nicht schon früher bemerkt hatte. Denn er ist ein schöner Mann, ein sehr schöner Mann, sagte sie sich kühl. Sie hatte ihn für Billy Boy gehalten, dabei sah sie nun, dass er Fürst Puschkin war.

Dennoch ließ sie ihn am Fußende ihres Bettes Platz nehmen und setzte sich selbst auf die andere Seite. Ludovic streckte seine langen Beine über den Teppich, ihre eigenen zog Fanny unter sich. Was sollte sie ihm sagen, ohne ihn zu verletzen?

»Ich will meine Tochter nicht demütigen, Ludovic«, begann sie. »Sie ist, wie sie ist, das gebe ich zu, aber …«

»Sie ist schlimmer«, sagte Ludovic.

Und er senkte den Blick auf Fannys Beine.

Sie zog sie nervös noch ein Stück höher, fand, dass die Tagesdecke rutschig und hässlich sei, also wirklich hässlich. Ludovic sah sie an und lächelte, doch ohne ihr entgegenzukommen.

»Sie war schon immer so«, sagte er, »selbst als sie neu war. Als ich klein war, hat Tante Marthe sie zu ihrer Hochzeit mit Papas ältestem Bruder André gekauft. André wurde im Jahr 40 getötet, als er mit seinem Bruder Marcel auf dem Rückzug hierher war …«

»Wie grauenvoll!«, sagte Fanny betroffen.

»Und mein Vater hat mit neunzehn Jahren die Leitung des Werks übernommen. Er war es, der dieses scheußliche Gebäude da unten in der Ebene hingesetzt hat. Aber, wie er zu sagen pflegt: ›Wer im Krieg 14–18 fiel, war ein Held, wer 39–40 ums Leben kam, einfach ein Trottel.‹ Na ja, wie er sich eben so ausdrückt … Die beiden Tanten kehrten, mit Geld überhäuft, zu ihren Müttern zurück, aber vorher haben sie hier noch ihre Zeichen hinterlassen. Nach ihnen kam meine Mutter, die ich nicht gekannt habe, der aber alles Dekorative völlig egal war. Und schließlich erschien Sandra auf der Bildfläche, es ging um Fragen ihrer aneinandergrenzenden Grundstücke, um Geld also, zwischen ihr und meinem Vater.«

»Die arme Sandra …«

Fanny hatte ihre Beherrschung wiedergefunden.

»Sie ist hier wohl die Unglücklichste, was?«

»Nein«, sagte Ludovic gelassen und sehr bestimmt. »Vor Kurzem noch war ich hier der Traurigste, aber jetzt bin ich der glücklichste Mensch.«

»Und warum waren Sie so unglücklich?«, fragte sie streng, aber der Unterton schien bei Ludovic nicht anzukommen.

»Niemand, niemand liebte mich oder kümmerte sich um mich.«

»Und könnten Sie mir Ihr kindliches Ungemach vielleicht auch morgen erzählen?«

Ludovic erhob sich mit einem Ruck. Fanny rutschte vom Bett herunter. Er fing sie auf und legte sie wie eine Puppe zurück. Sein offenes weißes Hemd ließ seinen gebräunten Hals sehen, sein glänzendes Haar im Nacken, seinen Oberkörper, und dann sein großer, frischer Mund …

Fannys Gedächtnis war vollkommen durcheinander oder ihr seelisches Gleichgewicht so aus den Fugen, dass sie leichtsinnigerweise den Kopf zu ihm wandte und ihr Gesicht bald bedeckt war von langen, flehenden Küssen, die allerdings auch ihr eigenes Verlangen stillten. Ihre Münder glitten über ihre Körper, gierig und andächtig zugleich, voll Hast und voller Hingabe, undeutlicher Verweigerung und beharrlicher Unterwerfung. All das auf seltsame Weise, in diesem Zimmer, das dunkel und transparent geworden war und in dem sie so heftig zitterten wie das Laub der Platane, der Himmel und die herabstürzenden Sterne.

***

Als sie aufwachte, mit dem Gefühl, kein Auge zugetan zu haben, wie es sich für richtige Liebesnächte gehört, war er weg. Einen Augenblick lang war sie gekränkt, dass er nicht mehr da war, dass er sie verlassen hatte, ohne ein Wort, dass er es überhaupt »gewagt« hatte, sie zu verlassen. Woran sie, gähnend und sich streckend, erste Besitzansprüche der Liebe erkannte. Zweifellos, so ist es, sagte sie sich immer wieder und versuchte sich über ihre Gefühle klar zu werden, spürte aber vor allem das Wohlbefinden und die Müdigkeit ihres Körpers.

Fannys Sinnlichkeit lag in ihrer Treue. Und kein Morgen hatte bisher an die Morgen nach den Nächten mit Quentin herangereicht, diesmal aber war es zum ersten Mal anders, so viele Jahre danach, dank diesem Bengel, der viel jünger war als sie. Sie versuchte nicht einmal, ihren genauen Altersunterschied herauszufinden, ebenso wenig bedrückte sie die Tatsache, dass er der Gatte ihrer Tochter Marie-Laure war, die sich in ihren Augen diskreditiert hatte, oder dass man ihn für halb verrückt halten konnte. »Ich liebe Sie«, hatte er zu ihr gesagt, weil sie betonte, dass nicht er am Tag des Unfalls am Steuer des Wagens gesessen hatte und zumindest sie sich daran erinnerte. Ein »Ich liebe Sie«, das er seitdem unaufhörlich wiederholte, laut oder flüsternd, vor allem seit jener Nacht. Und was war ein liebender Mann denn anderes als seine rauen Wangen, sein von unhörbaren und doch eindeutigen Worten unterbrochenes Schweigen, diese Hast und diese Angst, die sie beide in gleichem Maße empfunden hatten?

Sie zog sich sehr sorgfältig an, wählte ein Kleid, für sie angefertigt von einem Schneider, der die Frauen nicht liebte, von dem man es in diesem Fall aber hätte meinen können. Dabei widerstrebte es ihr, überhaupt aufzustehen und am Rand einer Badewanne den Geruch des Geliebten, mit dem eigenen vermischt, zurückzulassen. Als sie die Treppe hinunterging, um die Gesellschaft der Cressonnade beim Frühstück anzutreffen, war sie weder erstaunt noch beunruhigt über die Komplimente, mit denen man sie empfing. Sie nahm sie fröhlich, eher wie etwas Selbstverständliches entgegen.

Ludovic sandte sie kein einziges freundliches Lächeln: Wie in goldenes, braunes, rostrotes Licht getaucht kam er ihr vor, als er da hinter seinem Stuhl stand, mit müden Augen, leicht geöffnetem Mund, schräg geneigtem Körper, und seine Lider zuckten unter ihrem Blick.

»Was für eine Frau!«, rief der Mann in ihrem Alter, der »kreisende Geier«, der Einzige, den sie hätte verführen können, ohne einen Skandal auszulösen.

»Das ist wohl wahr«, sagte Philippe vorbehaltlos, denn trotz allem liebte er ja die Frauen und hatte durchaus einige gehabt und zum Frühstück wunschlos glücklich gemacht. Wehmütige Erinnerung schnürte ihm für Augenblicke die Kehle zu.

»Ja, sie ist groß in Form«, gab sogar Marie-Laure zu, und trotz ihrer plötzlich aufkeimenden Eifersucht sagte sie es ohne jeden Hintergedanken.

»In der Tat!«, platzte Ludovic mit einer natürlichen Begeisterung heraus, die ihn hätte kompromittieren können, wenn er es nicht so ehrlich gemeint hätte. Sie gehört mir, dachte er. Vor zwei Stunden noch lag sie nackt in meinen Armen und sagte … Vor Dankbarkeit, Glück und Stolz wurden ihm die Augen feucht.

»Nachher lade ich euch zu einem Ausflug zu den Höhlen von Saultes ein«, sagte Henri und fügte auf den fragenden Blick seiner Gäste hinzu: »Es ist Sonntag, ich habe die werkseigene Beechcraft kommen lassen. Ich muss Fanny ja etwas von der Gegend zeigen. Sie hat bisher doch nur Geschäfte gesehen.«

»Ich glaube, Fanny hat das Allerbeste von La Cressonnade gesehen«, erklärte Philippe mit so hintergründigem Lächeln, dass keinem die Seltsamkeit seines Satzes auffiel, nicht einmal der Betroffenen.

Nach einem köstlichen Tee drang keine Androhung mehr zu ihr durch. Von welcher Marke war er? Martin, danach gefragt, wurde fast rot, als er Lipton nannte. In Wirklichkeit und ohne es selbst zu bemerken, hatte Fanny an diesem Morgen die gesamte Tafelrunde zum Erröten gebracht, sie hatte eine spontane, heftige Sehnsucht ausgelöst, wie glückliche oder erfüllte Menschen es manchmal vermögen.

Fanny und Ludovic mieden einander geflissentlich während dieses seltsamen Fluges über die Touraine, den Henri Cresson sich ausgedacht hatte. Eine Spritztour, die er bis dahin nur den reichsten japanischen Industriellen oder den Verschlafensten seiner Geschäftspartner angeboten hatte. Sie brauchten zwei Stunden mit zahlreichen Turbulenzen für eine Exkursion, die mit dem Auto eine halbe Stunde gedauert hätte. Aber das Flugzeug war Henri Cressons Geheimwaffe, selbst wenn der »kreisende Geier« nie gelernt hatte, es selber zu steuern – »dem heiligen Christophorus sei Dank«, wie seine Bekannten und Untergebenen sagten.

Fanny verbrachte auf diese Weise einen herrlichen, ausgelassenen Tag. Die Partie war nach ihrem Geschmack; die Müdigkeit von der Nacht und Ludovics Gegenwart, der hinter ihr saß, hatten einen beruhigenden Einfluss auf sie. Wie viele Frauen ihres Alters sah sie in ihrem Liebhaber einen Beschützer, eine Vorstellung, die mit der folgenden Generation untergegangen ist.

»Oh, wie schön … wie schön das alles ist«, rief ihrerseits Marie-Laure zur allgemeinen Überraschung, außer für Philippe, der schon immer beobachtet hatte, dass betrogene Frauen, selbst wenn ihnen das nicht bewusst ist, gern die kleinen Mädchen spielten. Aber sie hatte auch durchaus recht: Schlösser, Wasserläufe, bewaldete Hügel, ein blassblauer Himmel im Spätsommer, die Touraine entfaltete unter ihnen all ihren Charme, davon konnten selbst Henris technische Kommentare nicht ablenken. Wie schön Frankreich doch ist, dachte Fanny, und wie schön meine Liebe … Das Flugzeug roch nach Heidekraut, wenn es mitunter so tief flog, dass man dessen Duft wahrnehmen konnte.

Einmal, als sie sich an eine ganz bestimmte Situation mit ihm erinnerte, überkam Fanny ein so heftiges Verlangen nach Ludovic, dass sie sich umwandte, jedoch gleich wieder eines anderen besann, ohne ihn auch nur mit den Fingerspitzen berührt zu haben. Diese Verhinderung, diese Unmöglichkeit sollte eine der sinnlichsten Erinnerungen ihres Liebeslebens bleiben. Und kaum war der Augenblick vorüber, sagte sie sich plötzlich: Er ist verrückt, und ich bin pervers – ein Gedanke, der sie bisher nie, nie auch nur gestreift hatte, der aber auf einmal vor ihr stand mit der Klarheit jener falschen Vorstellungen, die man sich in Momenten äußerster Müdigkeit und höchsten Zweifels von sich selber machen kann. Sie sah seine strahlenden Augen auf sie gerichtet. Sie hätte ihn in dieser Sekunde wirklich hassen müssen, damit er es spürte, damit sein Blick sich trübte und erlosch und sie ein realeres Bild von sich selbst und ihm zurückgewänne. Das Bild einer fern von Paris auf Abwege geratenen Frau, die sich in einen großen, durch ein einsames Leben komplexbeladenen Kindskopf verliebt hatte.

16

Es blieben noch sechs Tage bis zu dem berühmten Fest, und alle im Haus bewegte die eine Frage: Würde Sandra so eigensinnig sein und aufstehen, um unter den Gästen zu erscheinen? Was sie trotz immer wieder rot glühendem Gesicht und trotz Henris Gezeter androhte.

Ludovic und Fanny sahen sich nach gemeinsam verbrachten Tagen auch jede Nacht, und Philippe wurde allmählich nervös. Aber er wusste, dass in diesen Kreisen der Horror vor einem Skandal stärker war als die Neugier. Er hielt es sogar für möglich, dass der bis dahin unvorstellbar galante Henri ihn rausschmeißen würde; und er selbst hatte nicht wenige vergleichbare Situationen erlebt, die für die Zeugen (darunter ihn) ziemlich übel ausgegangen waren, also …

Am Ende erwies sich der Hund Ganache als der schlaueste Gast in La Cressonnade. Zunächst von Fannys Duft, ihrer Sanftheit und Weiblichkeit stark angezogen, hatte er schnell begriffen, dass diese Zuneigung von einem anderen geteilt wurde und er erst an zweiter Stelle kam, nach dem großen, schlaksigen Typen namens Ludovic, einem exzellenten Langstreckenläufer, nett, aber auch sehr zerstreut. Die beiden anderen Männer im Haus bemerkten ihn nicht einmal. De facto war seine einzige Sorge, den hinterhältigen Fußtritten von Martin zu entgehen. Und der einzige wirkliche Herr, den er in diesem unverhofften und weitläufigen Quartier fand, war der kraftvolle Mann mit der Donnerstimme und der leicht sentimentalen Autorität, Henri, der zwar reichlich oft abwesend, aber doch eindeutig der Grandseigneur hier war. Der Grandseigneur für alle außer jener anderen Kreatur, die – leider – unmittelbar neben seinem Zimmer wohnte, eine Dame, die Seufzer ausstieß und auch sonst Geräusche von sich gab, die er zuvor noch nie gehört hatte. Da lag die Gefahr, und nicht umsonst hatte sein Herr Henri ihm beigebracht, ihre Höhle zu meiden und den Weg durch die kleine Korridortür zu nehmen, wenn er des Nachts zu ihm kommen wollte. Nur im Garten, auf der Terrasse oder manchmal auch in seinem Auto bekannte sich Henri zu ihrer besonderen Beziehung und nannte Ganache »Alter Lump« oder »Mein schöner Bastard« oder rief ihm anderen Blödsinn zu, der, mit seiner knurrenden Stimme gesprochen, dem Hund das einsame Herz erwärmte. Das Tier erkannte in diesem Organ so etwas wie ein menschliches Echo auf seine eigene Stimme. Ihr Bellen ähnelte einander, aber das hatte allein die sensible Fanny bemerkt.

17

Der Himmel machte sich über sie lustig: Mal war es herbstlich schön und golden, mal war es drückend heiß, mal regnete und donnerte es. Das Wetter änderte sich alle zwei Stunden von Grund auf, die Touraine ähnelte der Normandie. Alles in dem Landhaus und außerhalb schien in der Schwebe. Nur Ludovic war unausweichlich da, der Blick von Ludovic, der Pullover von Ludovic, Ludovics Hände, Ludovics Glück, Fanny konnte sich dem nicht entziehen und wollte es auch nicht. Jemandes Zuneigung oder Leidenschaft zu erringen gehört zu den leichtesten Dingen, aber das Glück zu den schwersten, zumal, wenn man im Grunde nichts anderes dazu beigetragen hat, als es kommen zu sehen. Aber es hatte niemand diesen Jungen je mit dem Gedanken betrachtet, aus seinem Leben ein Geschenk zu machen. Niemand hatte je im Sinn gehabt, ihn glücklich machen, ihn erfreuen zu wollen, nie einer dafür gesorgt, dass er sich wohlfühlte in seiner Haut. Es hatte auch niemand ihn heilen wollen, weder von einem eingebildeten Wahnsinn noch von seiner absoluten Einsamkeit. Fanny hörte zu, gab, riet, vergaß darüber sich selbst.

Die großen, auf der Terrasse aufgebauten Zelte schlotterten im Wind, luden sich voll Sonne und Regen. Jeder Tag glich dem anderen, wie für sie beide auch alle Nächte, die so kurzen wie unverzichtbaren Nächte. Und dabei war Quentin … Quentin … Wen hätte sie überhaupt anderes als Quentin lieben können? Heute in zehn Tagen würde das Fest vorbei sein, Ludovic wäre rehabilitiert (oder auch nicht), sie würde zurückfahren, wieder ihre Arbeit aufnehmen und ihren allzu jungen, unzurechnungsfähigen Geliebten vergessen.

In ihrem breiten Landhausbett überraschte Fanny sich dabei, wie sie weinte, während ihr Liebhaber schlief, und sie wusste nicht, warum. Ich weine vor Müdigkeit, sagte sie sich hartnäckig, aber es steckten auch Ungewissheit, vage Demütigung und Zweifel dahinter: Ludovic sprach nie von Zweifel, Abreise, Trennung. Und aus einer Art Diskretion heraus, aus Angst sprach auch sie ihm gegenüber nicht davon. Ihre Blicke waren so sehr ineinander versunken wie ihre Körper verflochten, aber nachts, wenn er eine Zigarette für sich und für sie anzündete, sie beide dabei flüsternd wie Halbwüchsige, die heimlich rauchten, fühlten sie sich zu nichts anderem in der Lage als dazu.

Ein Geheimnis für sie war die Beziehung Ganache-Henri, Henri-Ganache, sie lachten darüber und lauschten mitunter auf den heiseren Atem von Sandra, der aus dem entlegensten Zimmer zu ihnen drang, und auch auf das sehr männliche Schnarchen von Philippe, dem Hinterhältigen. Der so viel wusste, so verschwiegen, so verzweifelt war. Und Marie-Laure warf mit sarkastischen Bemerkungen über alle anderen um sich, ohne dass ihr auch nur jemand zuhörte.

* * *

Endlich war der große Abend da, und zur allgemeinen Überraschung war das Wetter schön. Es war wie ein Geschenk, der Himmel war blau am Morgen, blieb blau, dann dunkelte es ganz allmählich.

Nach und nach traf die Society aus der Touraine, aus Paris und von sonst wo ein, in den entsprechenden Fahrzeugen, die auf den eigens dafür angelegten Parkplatz geleitet wurden. Die Vertreter der Familie, im Smoking oder im Abendkleid, machten einen merkwürdigen Eindruck. Henri hatte sich nicht entscheiden können zwischen einem zu engen und einem zu weiten Frack. Philippe besaß nur einen älteren Anzug, der aber stammte aus seinen wilden Londoner Jahren und war tadellos geschnitten. Ludovic wiederum trug einen Smoking, der ihm seit seinen Klinikaufenthalten zu weit geworden war, ihm aber gut stand. Seine dunkelrostroten Haare mit den dazu passenden Augen verliehen ihm etwas Ausgeglichenes, und all dieses Rote, Krause, Strahlende verdichtete sich in einem schüchternen Lächeln, das nach drei Jahren Geheimnis um ihn sowohl die Seinen als auch die neuen Freunde von La Cressonnade verführte. Im Grunde war er »kastanienbraun, wie seine so jung verstorbene Mutter«, sagte

Henri mit dem düsteren Stolz der Unwissenheit. Jetzt, nach dreißig Jahren, räumte er ein, dass seine junge Frau, seine einzige Liebe, kastanienbraun gewesen war bis zu ihrem Tod, was er zu ihren Lebzeiten nie getan hätte, als er sie liebte und das dunkle, seidige Kastanienbraun ihres Haars, in dem er sein Gesicht manchmal auch bei Tage vergrub, auswendig kannte. Manch einer könnte noch mit dumpfer Stimme ein Lied davon singen, wie es war, wenn er an sie dachte oder wenn man ihn an sie erinnerte.

Nachwort

Die zahlreichen Neuauflagen der Bücher meiner Mutter, seit ich 2007 ihre Rechtsnachfolge angetreten hatte, trugen mir das Privileg ein, die Vorworte zu den Texten schreiben zu dürfen, die ich einer Vielzahl wohlwollender Verlage anvertraut hatte: *La Vitesse, Bonjour New York, Chroniques 1954–2003, Sagan, ma mère* und, in jüngerer Zeit, *Toxique* in der Originalausgabe, die demnächst erscheinen wird.

Die Verleger schienen in mir leichte Beute gefunden zu haben, denn ich freute mich jedes Mal, dieser Verpflichtung nachzukommen – und ich möchte betonen, unabhängig davon, dass diese Arbeit mit dem Werk meiner Mutter zu tun hatte, war es immer eine gleichermaßen fesselnde Aufgabe für mich.

Sicher, diese Bücher, die ich vorstellen sollte, waren schon einmal, manche unter ihnen bereits mehrmals aufgelegt worden, sie waren gelesen und wieder gelesen und wahrscheinlich ebenso oft mit Vorworten versehen worden, so dass ein letzter launiger Kommentar kaum mehr neue Aspekte hinzuzufügen versprach, oder sogar überhaupt nicht bemerkt werden würde.

Als der Pariser Verlag Plon mir anbot, die Einführung zu *Les Quatre Coins du cœur*[1] zu schreiben, war ich daher nicht überrascht – mich ehrte das Vertrauen, das man erneut in mich setzte –, doch am Abend, als ich wieder zu Hause war und in aller Ruhe darüber nachdachte, wurde mir klar, worauf ich mich da eingelassen hatte: Es ging um nicht mehr und nicht weniger als darum, das unveröffentlichte Werk einer zur Ikone gewordenen Autorin vorzustellen, dessen Erscheinen sehr viel Aufmerksamkeit auf sich ziehen würde.

Ich habe, ehrlich gesagt, nur eine vage Erinnerung daran, wie dieses Manuskript zu mir gelangte. Es muss zwei, drei Jahre nach meinem Antritt des Erbes gewesen sein, dass ich es in einem Haufen von Aktenbündeln, Dokumenten und verschiedenem Archivmaterial fand, was für mich an ein Wunder grenzte, da sämtliche Werke meiner Mutter doch auf durchweg zweifelhafte Weise beschlagnahmt, verkauft, verschenkt oder rechtlich erworben worden waren.

Das Manuskript, obwohl so schmal, hatte nur eine Plastik-Heftung und bestand aus zwei Bänden: einem ersten, *Les Quatre Coins du cœur*[2], und einem zweiten, der mit den Worten beginnt: »Pünktlich um 16 Uhr 10 fuhr der Zug aus Paris in den Bahnhof von Tours ein«, und den Titel *Le Cœur battu*[3] trug.

---

1 So der Originaltitel des vorliegenden Romans. (A. d. Ü.)

2 *Die vier Winkel des Herzens.* (A. d. Ü.)

3 *Das geschlagene Herz.* (A. d. Ü.)

Der mit der Schreibmaschine getippte Text war so oft fotokopiert worden, dass die Umrisse der Buchstaben häufig nicht mehr klar zu erkennen waren. Hier und da fanden sich Streichungen im Text, Anmerkungen und Korrekturen von mir unbekannter Hand, ich brauchte also eine Zeit, um zu begreifen, dass es sich tatsächlich um zwei Teile ein und desselben Romans handelte.

Durch eine Reihe glücklicher – oder letztendlich unglücklicher – Umstände habe ich dem Manuskript also in der ersten Zeit nur wenig Aufmerksamkeit gewidmet: Ich konnte mir zunächst nicht vorstellen, dass es sich um einen unveröffentlichten Roman handelte. Außerdem war der Nachlass meiner Mutter ein einziges Chaos, und meine Gedanken waren ausschließlich damit beschäftigt, mich durch den unentwirrbaren Wust der rechtlichen, steuerlichen und vor allem verlegerischen Fragen durchzuarbeiten und sie zu regeln.

Wenn ich heute darüber nachdenke, muss ich schon sagen, dass ich mich seinerzeit ziemlich unbekümmert gegenüber diesem Text verhielt, der, obwohl unvollendet, mich ja doch beeindruckt hatte durch seine auffallend Sagan'sche Handschrift – eine gewisse Schamlosigkeit, die barocke Tonlage und das Abenteuerliche einiger darin erzählter Zwischenfälle. Es war recht leichtfertig von mir, ihm so wenig Aufmerksamkeit zu schenken und *Les Quatre Coins du cœur* für eine Zeit noch in der Tiefe einer Schublade zu lassen. Aber bei seinem unfertigen Zustand erschien es mir unklug, ihn jemandem zu lesen zu geben, zu dem ich nicht absolutes Vertrauen hatte.

Ich hatte einige Monate zuvor mit den meisten Pariser Verlagen über den Nachlass meiner Mutter gesprochen, sie lehnten jedoch nacheinander ab, so dass ich fürchten musste, die Werke von Françoise Sagan würden im Dunkel des 20. Jahrhunderts verschwinden. Dann sandte mir das Schicksal Jean-Marc Roberts über den Weg, der später mein Mentor in allen den Nachlass betreffenden verlegerischen Fragen werden sollte. Er war Verlagsleiter von Stock und erklärte sich auf Anhieb bereit, sämtliche fünfzehn Romane meiner Mutter, die ich ihm an einem Nachmittag im April in die Rue de Fleurus brachte, neu herauszubringen. Jean-Marc Roberts wurde nicht nur mein Verleger, sondern bald auch mein Freund, und so lag es nahe, dass ich ihm einige Wochen später ganz diskret die Lektüre dieses Romanmanuskripts anvertraute, dessen unvollendete Form mich zweifeln ließ, was eine eventuelle Veröffentlichung betraf.

Jean-Marc und ich erwogen den Gedanken, den Roman von einem lebenden Autor, der dazu befähigt wäre, neu schreiben zu lassen. Aber diesen Plan gaben wir schnell wieder auf – eine solche Neufassung wäre zu weit entfernt von der meiner Mutter gewesen.

Der Text kehrte ins Dunkel zurück, was mich nicht daran hinderte, ihn in den folgenden Monaten wieder und wieder und mit immer größerer Aufmerksamkeit zu lesen. Die Stimmen mehrten sich, die mir zu verstehen gaben, dass der Roman unbedingt veröffentlicht werden müsse, in welchem Zustand er auch sei. Er würde dem Werk meiner Mutter ein zwar unvollkommenes, aber doch wesentliches Element hinzufügen. Wer Sagan kannte und sie liebte, sollte über die Gesamtheit ihrer literarischen Produktion verfügen können, sollte seinen Blick auf ein abgeschlossenes Werk richten dürfen.

Ich begnügte mich damit, das Konvolut zu sortieren, einige Passagen zu streichen, die im Kontext des Erzählten keinen Sinn ergaben, und ergänzte an Stellen, die mit Auslassungspunkten markiert waren, die mir notwendig erscheinenden fehlenden Wörter, wobei ich darauf achtete, weder den Stil noch den Ton des Romans zu verletzen. Und von Seite zu Seite fand ich so auch die absolute Freiheit, den ungezwungenen Verstand, den beißenden Humor und die an Unverschämtheit grenzende Kühnheit wieder, die für Françoise Sagan so charakteristisch sind.

Sechzig Jahre nach *Bonjour tristesse* und einem Jahrzehnt eines unruhigen Halbschlafs liegt ihr letzter, unvollendeter Roman, *Die dunklen Winkel des Herzens*, so nun endlich vor.

Denis Westhoff, im Oktober 2019